Newcomer
Students
Sperrin Integrated
College

mia couto

pensageiro frequente

Obras do autor:

Vozes Anoitecidas, 1.ª edição, 1987; 13.ª edição, 2018
  Grande Prémio da Ficção Narrativa 1990
Cada Homem É Uma Raça, 1.ª edição, 1990; 13.ª edição, 2017
Cronicando, 1.ª edição, 1991; 10.ª edição, 2013
  Prémio Anual de Jornalismo Areosa Pena 1989
Terra Sonâmbula, 1.ª edição, 1992; 15.ª edição, 2017
  Prémio Nacional de Ficção da Associação de Escritores
  Moçambicanos (AEMO) 1995
  Considerado por um júri especialmente criado para o efeito
  pela Feira Internacional do Zimbabwe um dos doze melhores
  livros africanos do século xx
Estórias Abensonhadas, 1.ª edição, 1994; 13.ª edição, 2018
A Varanda do Frangipani, 1.ª edição, 1996; 9.ª edição, 2019
Contos do Nascer da Terra, 1.ª edição, 1997; 12.ª edição, 2019
Vinte e Zinco, 1.ª edição, 1999; 5.ª edição, 2019
Raiz de Orvalho e Outros Poemas, 1.ª edição, 1999; 7.ª edição, 2018
Mar Me Quer, 1.ª edição, 2000; 21.ª edição, 2019
O Último Voo do Flamingo, 1.ª edição, 2000; 10.ª edição, 2020
  Prémio Mário António de ficção
Na Berma de Nenhuma Estrada e outros contos, 1.ª edição, 2001;
  8.ª edição, 2015
O Gato e o Escuro, 1.ª edição, 2001; 12.ª edição, 2020
Um Rio Chamado Tempo, Uma Casa Chamada Terra,
  1.ª edição, 2002; 8.ª edição, 2019
O Fio das Missangas, 1.ª edição, 2004; 10.ª edição, 2019
A Chuva Pasmada, 1.ª edição, 2004; 3.ª edição, 2015
Pensatempos. Textos de opinião, 1.ª edição, 2005; 4.ª edição, 2009
O Outro Pé da Sereia, 1.ª edição, 2006; 4.ª edição, 2015
idades cidades divindades, 1.ª edição, 2007; 3.ª edição, 2016
O Beijo da Palavrinha, 1.ª edição, 2008; 14.ª edição, 2019
Venenos de Deus, Remédios do Diabo, 1.ª edição, 2008; 9.ª edição, 2016
Interinvenções, 1.ª edição, 2009; 4.ª edição, 2021
Jesusalém, 1.ª edição, 2009; 12.ª edição, 2019
Pensageiro Frequente, 1.ª edição, 2010; 8.ª edição, 2021
Tradutor de Chuvas, 1.ª edição, 2011; 4.ª edição, 2019
A Confissão da Leoa, 1.ª edição, 2012; 13.ª edição, 2020
O Menino no Sapatinho, 1.ª edição, 2013; 2.ª edição, 2014
Vagas e Lumes, 1.ª edição, 2014; 3.ª edição, 2019
As Areias do Imperador. Livro Um – Mulheres de Cinza, 1.ª edição, 2015;
  2.ª edição, 2021
As Areias do Imperador. Livro Dois – A Espada e a Azagaia, 2016
As Areias do Imperador. Livro Três – O Bebedor de Horizontes,
  1.ª edição, 2017; 2.ª edição, 2018
A Água e a Águia, 2018
O Universo num Grão de Areia, 2019; 3.ª edição, 2020
*O Mapeador de Ausência*s, 1.ª edição, 2020; 2.ª edição, 2021

mia couto

pensageiro frequente

Crónicas

8.ª edição

CAMINHO

Título: Pensageiro Frequente
Autor: Mia Couto
© Editorial Caminho, 2010
Capa: Rui Garrido

1.ª edição: maio de 2016
8.ª edição: abril de 2021
Pré-impressão: LeYa, SA
Impressão e acabamento: Multitipo
Depósito legal n.º 410 636/16
ISBN: 978-972-21-2690-8

Editorial Caminho, SA
Uma editora do Grupo Leya
Rua Cidade de Córdova, n.º 2
2610-038 Alfragide – Portugal
www.caminho.leya.com
www.leya.com

Direitos reservados de acordo
com a legislação em vigor.

Índice

Nota introdutória 9

Fintado por um verso. 11
A cidade sonhada 19
O riso das baleias. 23
As águas da biodiversidade 27
Como se o mar tivesse outra margem 33
O caniço apanhando onda. 37
A China dentro de nós 41
Zambezeando. 47
Um outro final de tempo? 53
A cidade na varanda do tempo 57
Moçambique 25 anos 63
Um mar de trocas, um oceano de mitos. ... 67
O feitiço dentro de nós 73
Onde os rios desmaiam 77
Carta de Ronaldinho. 81

O doce travo da sura 85
Terras de água e de chuva 91
O Zambeze desaguando na Amazónia 97
As águas da terra 101
Uma terra chamada galinha. 109
O dedo sobre uma província 113
Pinturas de areia e vento 119
Os lugares voadores. 123
Outras formas de voar 127
O salto da baleia 133
Um barco no céu na Munhava. 137

Nota introdutória

Desde 1999 que colaboro com a revista de bordo das Linhas Aéreas de Moçambique. Neste livro estão reunidos alguns dos textos que publiquei nessa revista, a Índico. São textos ligeiros, cujo destinatário não é exatamente um leitor «típico», mas um passageiro que pretende vencer o tempo e, tantas vezes, o medo.

Nas revistas de bordo sucede quase sempre o mesmo: passamos os olhos pela página, em busca de uma simples distração, de modo a que nos desviemos do confronto com a janela, afastados da heresia que é contemplar o céu a partir dos céus. Por outro lado, a revista de bordo é uma hospedeira em página impressa, um porteiro de nações, um massagista de almas atingidas por desfasamento de fusos horários. Estas eram as balizas, os estranhos limites às palavras voadoras.

Durante todos estes anos de colaboração, contudo, o meu desejo foi o mesmo de todos os outros fazedores da Índico: fazer com que o meu país voasse pelos dedos do viajante, numa visita às múltiplas identidades que coexistem numa única nação. Esse era o serviço daquela escrita.

Agora, soltos desse contexto, a estes textos deve ser perdoado o terem tido uma função.

Acredito, no entanto, que estes contos e crónicas desobedeçam ao pecado original que marcou o seu nascimento. Espero que, no final, este livro dispense esta e qualquer outra explicação.

Mia Couto

Fintado por um verso

No meu bairro, o futebol era a grande celebração. Preparávamo-nos para esse momento, como os crentes se vestem para o dia santo. Aquele domingo era um tempo infinito. E o campo, aberto num descampado da Muchatazina, era um estádio maior que o mundo. O jogo ainda por começar e o coração no peito já cansado: não havia relógio onde coubessem aqueles noventa minutos. Não era a sede de ganhar. Não quero parafrasear Pierre de Coubertin, mas o importante era estar lá, nesse jogo de infinitas representações que permite o futebol. De repente, o nosso lugar migrava e a nossa identidade transitava para mundos onde tudo era grande e brilhante. Esse era o segredo do atropelo no peito, desse vício que nos fazia fugir de casa, faltar à escola, e deixar a namorada à espera. Quando jogávamos deixávamos de ser nós. Deixávamos de ser.

E éramos tudo, todos. Vivos e mortos se perfilavam no panteão dos que nunca perderam.
Na minha gloriosa equipa, eu era avançado de centro. Um eufemismo, talvez, designar-me desse modo. Porque eu apenas fintava. Nunca rematava. A minha alcunha em chissena já dizia dessa habilidade: eu era o «kiywa», o fintador. Um fintabolista, como chacoteavam outros. Faltava, porém, um nome para a minha inabilidade.
— Caraças, para ganhar é preciso marcar, pá! Esse gajo é um poeta. É o que ele é: um poeta.
Era Jujú Chuteirinho, o nosso mestre treinador. Talvez ele, o *mister*, tivesse razão. Talvez eu não fosse realmente um avançado. Talvez o meu terreno fosse realmente a poesia. Mas a beleza do futebol não está no golo. Como na arte do namoro: o fascínio está nos preparativos. O encanto está no que não pode ser traduzido nem em número nem em palavra. A partida de futebol é sempre mais que o resultado. O mais belo num jogo é o que não se converte em pontos de classificação, é aquilo que escapa ao relatador da rádio, são os suspiros e os silêncios, os olhares e os gestos mudos de quem joga dentro e fora das quatro linhas.
Voltemos a Chuteirinho. A frustração do treinador era, afinal, explicável: na Beira, minha cidade, os bairros eram territórios de fingido confronto. A guerra mundial era entre bairros da pequena urbe que desobedecia à própria lógica urbana. A Beira nasceu desobediente: eu mesmo nasci e cresci em zonas que tinham

sido destinadas aos «asiáticos». E os futebóis se faziam de misturas que afrontavam as fronteiras raciais do momento. O Esturro era, nessa altura, o meu bairro, a minha tribo, a minha nação. Preparava-se o grande *derby* que opunha o Esturro à Ponta-Gea. O destino estava nas nossas mãos, melhor dizendo, nos nossos pés. Jujú Chuteirinho decidiu ensaiar em mim os seus melhores dotes psicológicos.

Naquela tarde, em véspera do jogo, Chuteirinho convocou-me. O seu semblante era sério, solene. Fez-me sentar no muro, frente à casa, enquanto manuseava um varapau como se fosse uma gigante lapiseira.

— *Estás a ver a pequena área?*, perguntou, fazendo uns rabiscos na areia.

Os rabiscos se complicaram ilustrando, enquanto falava, a minha evolução caótica pelo relvado. Depois, voltou a reforçar o traço num pequeno quadrado:

— *Faz de conta que a pequena área é uma miúda. Sim, uma miúda, uma gaja. É preciso descascá-la, acariciá-la, beijá-la. Mas, depois... depois...*

— *Sim, depois?*, inquiri eu, meio adormecido pelo riscar da madeira na areia.

Depois..., depois pergunto eu: depois, no momento decisivo, é preciso o quê?

Era óbvia a alusão do mestre Jujú, o melhor treinador de todos os tempos. Para mim, porém, a metáfora tinha-me escapado. O amor não tem «depois». O amor é o tempo inteiro consumindo-

-se no instante. E vieram-me à cabeça as meninas que, nesses meus quinze anos, se acumulavam à porta dos mais platónicos sonhos. E veio a Alda, a Guida, a Isabel, a Martinha, a Leila, a Paula, a Mónica e mais do que todas, a Laura, a mais recente. E pensei, de repente: «*Eu, no amor, só finto. Não remato.*» Foi isso que pensei, naquele momento.

    Jujú Chuteirinho não reparou no meu olhar distante, perdido em outros campeonatos. E continuou explanando as apuradas táticas: a bola em rosca nos livres diretos, a bola em arco nos cantos, a bola em bala nos penáltis. Se eu vivia o futebol em poesia, Chuteirinho era exímio prosador. O idioma dele era uma língua capinando relvados: os pontapés de «bicicleta», os «carrinhos», os «frangos», os «chapéus», a «força anímica», o «jogo jogado». Mas eu não o escutava. Dentro de mim soava apenas o conflito entre mim e a minha idade.

    No dia seguinte, já em pleno estádio, envergando a farda da seleção mais famosa do universo, passei o olhar pela assistência. Imagino hoje, a vidas de distância, como se sente Cristiano Ronaldo perante o imenso clamor da multidão. No meu estádio, a multidão era a humanidade inteira. Principalmente, reparei nas miúdas, nos lugares da frente, espremendo-se para não perderem pitada do jogo. De repente, a realidade se sobrepôs ao devaneio e notei, entre a assistência: lá estavam elas, as miúdas. Verdadeiras, de corpo, alma e força anímica. Ali estavam elas, em distinta moldura, atrapalhando-me as rótulas. E estava, sobretudo, Laura, a mais bela de todas. Os meus olhos, por sabedoria instintiva, pousaram no treinador. O sorriso matreiro no rosto de Chuteirinho confirmava: era um plano arquitetado por ele. Frente ao friso das minhas paixões eu não tinha senão que marcar golos. Sem golos, ninguém ganha. Nesse jogo, uma vez mais, não marquei. Para tragédia do «*mister*», não ganhámos. Não sei porque escrevo «nós», no plural. Porque, no final, acabei vencendo. Não foi no jogo. Nem nos momentos que se seguiram. Foi mais tarde, quando tudo parece ter o sabor do irreversível. Já entenderão.

No dia seguinte, Laura me visitou. A voz dela era tão cheia de vozes, que por longos anos ainda a recordei apenas por essa imaterial presença. E ela me perguntou:

— *Estás triste por causa do jogo?*
— *Estou triste por causa de mim.*

Laura era mais velha, sabia de coisas que eu apenas suspeitava. Desembrulhou um papel garatujado por sua própria letra.

— *É um poema*, sussurrou ela.
— *É para mim?*, perguntei.

E ela respondeu: *Não, é para o Ademir.* O nome do outro me atingiu como uma fisgada. Como se, de súbito, eu tivesse sido despromovido de avançado, interdito como jogador. Guardei o papel no bolso, amarrotado com fúria sem que ela percebesse. Mais do que a derrota me doía aquela atenção de Laura por um outro. E fui, dali para a minha solidão. Laura ainda ligou umas tantas vezes. Recusei atender. Depois, o telefone morreu. Nunca li o tal poema. Voltei a encontrar Laura, anos depois, já ela sofria do peso de ser mãe de mãe. Não a reconheci. Apenas aquela voz de riachinho fluindo, me levou de regresso às fontes. Foi ela que me recordou o quanto me procurou após a última visita. Perguntei-lhe por Ademir. *Que Ademir?*, estranhou. *Nunca conheci nenhum Ademir*. A resposta era convincente, de tal modo sincera que desviei o assunto para outras ausências e deslembranças. Já regressado a casa, procurei o papel velho, ainda amarrotado. Laura tinha transcrito até o nome do autor. Era um verso de João Cabral Melo Neto e tinha por título: «Ademir da Guia». E dizia assim:

Ademir impõe com seu jogo / o ritmo do chumbo (e o peso), / da lesma, da câmara lenta, / do homem dentro do pesadelo. / Ritmo líquido se infiltrando / no adversário, grosso, de dentro, / impondo-lhe o que ele deseja, / mandando nele, apodrecendo-o / Ritmo morno, de andar na areia, / de água doente de alagados, / entorpecendo e então atando / o mais irrequieto adversário.

Atado a mim mesmo fiquei eu, depois de esclarecer o mistério do papelinho de Laura. Afinal, Ademir não era nenhum «outro». Bem vistas as contas, Ademir era eu mesmo, enredado na pequena área que é o momento da felicidade.

Voltei a guardar o velho papel, vencendo um triste sorriso. Uma vez mais, a poesia me tinha fintado. Pode haver um mister para as artes da bola. Mas o único treinador para as lides da Vida somos nós mesmos.

(*maio de 2010*)

A cidade sonhada

Quando eu tinha nove anos, a Beira era a maior cidade do mundo. As avenidas de minha terra natal eram as mais largas do universo e apenas se esperava que o futuro, triunfal, por ali desfilasse. Na Praça do Município cabiam os mais demorados domingos da História, e o Chiveve competia com os mais amazónicos estuários.

A estação ferroviária era de tal dimensão que ali poderia desembarcar Sophia Loren ou uma outra artista saída das matinés do Olympia. As mangas do Dondo eram comidas em todo o planeta e, do alto do farol do Macúti, se contemplavam extensões que fariam inveja aos astronautas.

De noite, enquanto nos chegavam os sons dos batuques do Chipangara, eu e o meu irmão discutíamos, especialistas em lonjuras. Ele assegurava que a floresta de Inhaminga era o lugar mais distante do planeta. Eu abria o mapa-mundo e a Beira se confirmava epicentro cósmico. Confortado, adormecia com pena dos meninos que nasciam noutros periféricos lugares.

Certa vez embarquei num avião para rumar a Lourenço Marques. A família veio despedir-se, em lágrimas, ao maior aeroporto do mundo e era como se eu partisse para além do último horizonte. A malta do bairro também foi ao aeroporto e lançou-me um derradeiro olhar, misto de inveja e raiva. Eu ia para território rival, para terra dos «laurentinos», contaminar-me de valores tribais alheios.

Regressei uma semana depois com a suspeita de que havia lugares mais distantes que Inhaminga e cidades maiores que a minha. Nos dias subsequentes, fui colocado em quarentena, punido por confessar que, afinal, outros mundos poderiam haver.

Na altura, eu não sabia que as pequenas cidades vivem sempre o sonho de serem outra coisa. Sonham ser grandes cidades. A minha terra natal, era, afinal, um lugar acanhado, onde o mundo chegava em segunda mão. Talvez, por isso, o tamanho dos nossos sonhos fosse reforçado. Talvez, por isso, o meu lugar tivesse ficado maior quando o soube pequeno. Naquele momento, porém, eu estava sendo penalizado como Galileu que ousou descentrar o cosmos. Deixado em abandono pelos amigos, fui pescar para os lados do porto. Ao passar pelo Beira Terrace, uma multidão me alertou: num lugar onde nada sucedia algo trágico acontecera. Estavam retirando das águas os corpos de dois jovens que se tinham suicidado. Um detalhe me chamou a atenção: estavam amarrados pelos pulsos, um arame lhes prendia o fatal destino. Eram dois namorados, impedidos de exercer o seu amor porque pertenciam a raças diferentes.

Sentado na amurada do cais, sem nenhuma vontade de lançar a linha, olhei a cidade e ela, pela primeira vez, me pareceu pequena. Como poderia ser grande um lugar se nele não cabia o amor de dois anónimos adolescentes? Até àquela tarde eu era ainda um moço capaz de sonhar vidas e viver sonhos.

Naquele momento creio ter entendido: a cidade não é um lugar. É a moldura de uma vida, um chão para a memória. Enrolei a linha, e regressei a casa, o poente avermelhando a paisagem e os flamingos trazendo o céu para junto da terra. Então, ganhei certeza: a cidade em que nasci estava destinada a nascer de mim. Um arame invisível nos prendia os pulsos, a mim e à minha terra natal. Se alguma vez nos atirássemos sobre o abismo não seria para nos afundarmos mas para ganharmos voo, o mesmo voo dos flamingos cruzando os poentes sobre o rio Pungwé.

(abril de 2007)

O riso das baleias

Quer ver baleias?
Nem esperou pela resposta. Fazendo dançar os dedos, o homem enunciava o preçário:
«*Uma baleia são duzentos, duas são quatrocentos...*»
Na realidade, ele não dizia exatamente assim. Transcrito à letra, soava antes assim: «*Uma paleia são tuzendos...*» Essa é a pronúncia macua do português, entoado com um mavioso e sedutor embalo.
O negócio ficou feito. Aliás, nas praias de Fernão Veloso, junto à cidade de Nacala, o negócio já está feito de antemão. Porque o visitante fica conquistado perante a beleza de uma das maiores baías do mundo. Os pescadores que se acumulam na praia estão demasiado ocupados com os seus assuntos. As redes de múltiplas cores parecem cumprir um fim mais estético que funcional.

O destino de toda aquela agitação parece ser o de criar beleza. Sim, o negócio está já antecipadamente feito. Muito antes de entrarmos para o *dow*, embarcação árabe usada em todo o Norte de Moçambique. As velas foram costuradas e remendadas dezenas de vezes. Tantas quantas as monções. E aguardamos no barco, à espera que o pescador reúna uns tantos turistas mais para percorrer a baía. As baleias são um aliciante extra. Porque bastava a paisagem, os indescritíveis cenários em redor de Nacala. Não existe nome para a cor daquelas águas. Nem para dizer do branco das areias que a mão divina peneirou em todo o litoral.

No barco, aguardamos mais do que me agrada. Alguma coisa sucede na praia que faz demorar a tripulação. Sabemos do que se trata quando um deles faz uso de uma raiz para escovar os dentes. Estão-se preparando para as orações. Sapatos colocados à parte, como se houvesse uma invisível parede de mesquita, os pescadores se dobram em direção a Meca.

A devoção com que se entregam às orações contrasta com a agitação que, ao mesmo tempo, anima a praia. Há barcos chegando de longe, de Memba, trazendo maçanica, galinhas, mandioca. Uma mulher oferece-me uma mão-cheia de maçanica. O sabor dos frutos me faz regressar à infância. Um grupo de jovens me acena com colares de missangas. São estudantes de manhã, vendedores à tarde. Mas já é tarde, já a embarcação se está fazendo à viagem. Quando o *dow* se aden-

tra pelas águas, apercebemo-nos dos caprichos da configuração da baía que, em curta distância, afunda centenas de metros. A tonalidade da água acompanha a batometria: torna-se mais escura, de um azul mais grave e menos aberto à luz. E não tarda que um grito nos alerte:
«V*ejam, as baleias!*»
A excitação fez ver no plural. É apenas uma baleia. Parece exibir vaidades, emergindo com espalhafato bem próximo da nossa embarcação. O *dow* torna-se, subitamente, minúsculo. A baleia volta a saltar, afirmando o seu domínio sobre os mares. O pescador ao leme faz-me sinal a lembrar o combinado:
«*Já mudou de preço: são mais duzentos!*»
Confirmo com um acenar de cabeça. Qualquer coisa me diz que dispenso mais encontros com as baleias. Será porque não sei nadar? E aponto a outra margem, sugerindo que o barco à vela se desloque no sentido oposto ao da cidade. Não tarda que se abra a nossos olhos um desses lugares que ainda guarda a tranquilidade do princípio do mundo. Os mangais ali ocorrem no fundo límpido, em transparências poucos usuais. Aqueles que conheço instalaram-se todos em lodos sujos e águas barrentas. Mas aqui tudo parece lavado pela luz.
Parte dos turistas toma banho, outros se ocupam a apanhar conchas e búzios. O meu afazer é não me ocupar de nada. A minha felicidade é perder pensamento, deixar-me ocupar por aquela leveza, esquecendo-me de que, perto, existe algo

chamado «realidade». As garças cinzentas passam com lentidão de barco e parecem dar-me razão: o paraíso não é um lugar, é um breve momento que conquistamos dentro de nós. É a hora do regresso. Escolhemos o fim da tarde, sabedores do encanto dos poentes naquela baía. Observo os turistas e noto o encantamento no seu rosto. Estão calados, encostados à amurada do dow, olhar flutuando no horizonte. Há no seu silêncio uma espécie de oração, não muito diversa daquela que fez os pescadores cabecear na praia.

Aproximo-me do chefe da embarcação e, vencendo o receio de ser mal-entendido, pergunto:

— *Acha que ainda veremos mais baleias?*

— *A esta hora já não circulam. Só na parte da manhã...*

Quase suspiro de alívio. E me envergonho: como posso recuar perante o poderoso fascínio que os grandes animais provocam em mim? Um dia destes tenho que aprender a nadar. Ou terei que nascer de novo. De repente, uma sombra gigante irrompe das águas. É uma baleia. Diverte-se em enormes saltos, chapinhando sobre as ondas. Não sei se é ela, a baleia, que se ri, se sou eu que amarelo um sorriso quando o pescador me avisa:

— São mais duzentos. Ou melhor, mais trezentos, que agora ela está a fazer horas extraordinárias!

(abril de 2004)

As águas da biodiversidade

Biodiversidade? O tradutor hesitou. O esgar no rosto traduzia o esforço para encontrar no léxico do xironga um equivalente para *biodiversidade*. Traduziu por elefantes. Depois, emendou: os bichos. Sentados no chão, os camponeses não disfarçaram a desconfiança. Fossem elefantes, fosse bicharada o assunto merecia um pé atrás. Então, e as pessoas? O tradutor encontrou ali uma saída e disparou: sim, as pessoas, os bichos, a terra, tudo isso em conjunto. E reforçou as palavras com um gesto fechado e redondo.
Era a mensagem que trazíamos para a gente de Machangulo. O lugar fica próximo de Maputo, a não mais de uns cinquenta quilómetros. Mas a vida ali decorre não apenas longe da capital. Decorre num outro mundo. Esse outro mundo, ali mesmo na ilharga da grande cidade de Maputo, é uma das regiões menos desenvolvidas do país. Estradas há

poucas, escolas pouquíssimas, postos de saúde quase nenhum. Na ausência completa de transportes, os camponeses percorrem a pé distâncias incalculáveis. O centro de gravidade das suas vidas não é realmente a capital. Nem é dentro de Moçambique. Eles olham para o Sul, para a Africa do Sul, para o Kwazulu-Natal. É lá que vendem produtos, é lá que vão buscar trabalho. É de lá que vieram os seus antepassados aquando das migrações nguni. Muitos falam zulu, poucos falam português.

A reunião em que participei fazia parte de um trabalho longo para elaborar o plano de gestão do distrito de Matutuíne, a região mais meridional da costa de Moçambique. Lá no extremo Sul, brilha as Pontas do Ouro, de Mamoli e de Malongane. Depois, mais nada brilha. Ou brilha apenas numa outra, mais oculta, dimensão. E lá estávamos nós, biólogos e outros, tentando trazer para o papel a infinita complexidade daquele quotidiano.

O nosso desafio maior era encontrar na *biodiversidade* razões para começar programas geradores de riqueza, pontes com a modernidade. De modo a que a tal *biodiversidade* transitasse de conceito para semente. E, no final, germinasse isso que se chama de desenvolvimento.

Os especialistas, vindos de Maputo, olhavam para o calendário, com a angústia do tempo. Os *experts*, como gostam de ser chamados, estão sempre cheios de pressa. A mim, deleitavam-me os intervalos do trabalho. Sentado na margem de uma das muitas lagoas, numa dessas longas tardes, não dei conta do entardecer. Eu estava como que embriagado pela extraordinária beleza do local. As dunas cobertas de um verde intenso simulavam um oceano imóvel. O fundo dos vales almofadava a dormência de lagoas de cores diferentes. Van Gogh estaria aqui mais sentado do que eu. E produzindo mais. É aqui, em Matutuíne, que mora uma das regiões mais ricas de Moçambique. Rica em diversidade de espécies e afortunada em paisagens que capricham com o mar em espelho.

    Nessa tarde, deixo-me amolecer na preguiçosa sensação de princípio do mundo, como se por detrás daquelas dunas ainda estivessem chegando os deuses para criar o Universo. Os deuses não teriam nem a pressa nem o ar solene dos consultores da capital? O meu lugar não estaria, afinal, tão longe do divino. Para a população local, aquela lagoa era sagrada. Ali era interdito pescar. Nas suas margens, todos os anos, no início de fevereiro, se bebia ucanhu, a bebida fermentada que celebra as colheitas.

    O som metálico de panelas chocalhando me despertou. O que se passava? Mulheres e homens pareciam apostados em desfazer a tranquilidade. E estavam. Produziam barulho para afugentar os hipopótamos. Ainda os vi, pachorrentos, parados no capinzal a avaliar os riscos de se aventurarem nas machambas dos camponeses. Um dos homens aproximou-se de mim. Trazia na mão folhas secas de palmeiras com as quais ia ateando pequenas fogueiras. Panelas e fogo se reforçavam no serviço de afastar os paquidermes. O homem aproveitou o momento e atirou-me:

— *Está a ver? Ainda vocês chegam aqui para proteger bichos...*

Não respondi. Seria de pouca valia a minha argumentação. De pouco valeria dizer que animais e pessoas podem combinar modos de conviver e produzir vantagens recíprocas. O camponês escutaria com a habitual educação e a paciência de milénios. Mas, interiormente, ele permaneceria ancorado nas suas razões. O que precisamos são exemplos, modelos práticos que comprovem como as ideias funcionam. E esses modelos custam tempo. Os consultores não possuem tempo.

Na manhã seguinte, despertei com a luz do Sol. Do ponto alto em que montara a minha tenda, podia ver-se água pelos dois lados. Do lado interior, as águas paradas da baía de Maputo, com a ilha da Inhaca e o amplo estuário do rio Maputo. Do lado exterior, o infinito do Índico, com seus azuis mais profundos. Dirigi-me ao edifício onde prosseguia o nosso encontro, quando alguém me avisa que a biodiversidade passou por ali de madrugada. «*A biodiversidade?*», perguntei. Responderam risos. Tinham sido os elefantes, essa enorme manada que sobreviveu à guerra e à caça furtiva. Estão ali desde sempre, renovando o chamado *Corredor do Fúti* que os liga à vizinha África do Sul. Uma das intenções dos governos moçambicano e sul-africano é proteger esta antiga rota e fazer dela um dos focos de atração para as zonas de conservação transfronteiriças. O não haver quase nada na região é, sem dúvida, uma condição negativa. Mas pode ser convertida no seu oposto. A baixíssima densidade populacional, a ocorrência de florestas dunares intactas, de vegetação única e as potencialidades para a fauna são razões que fazem acreditar no futuro do lugar. Há alguns anos atrás, um cientista sul-africano de renome internacional, Braham van Wyk, visitou e estudou esta mesma região. Os sul-africanos chamam a zona de Maputaland. Fascinado pela riqueza biológica, Van Wyk propôs que Maputaland fosse proclamada como Zona de Endemismo de interesse mundial. O nome da região passou a figurar em tudo o que é literatura de biodiversidade.

Os habitantes de Matutuíne não conhecem a palavra. Mas sabem bem o que é biodiversidade. Não se trata de um conceito. Eles vivem à custa da biodiversidade. Sobrevivem nesse recanto, tão próximo e tão distante. Falta criar essa ponte que quebre o histórico isolamento. Mas que seja uma ponte que leve e traga na mesma proporção. E não mais uma dessas pontes feitas para tirar tudo e não dar nada.

(abril de 2004)

Como se o mar tivesse outra margem

Ninguém, em verdade, viaja para uma ilha. As ilhas existem dentro de nós, como um território sonhado, como um pedaço do nosso passado que se soltou do tempo. Esse fantasma insular, em mim, estreou-se quando Jonito morreu e meus pais disseram que ele tinha ido para uma ilha no meio do Chiveve. Eu era menino, Jonito era um cágado e o Chiveve não era sequer um rio verdadeiro. Como podia aquele riacho ter água suficiente para anichar uma ilha? Mas nada nesse tempo era verdade. Sobretudo, a morte não era verdadeira. E Jonito passeou, durante toda a minha infância, a sua cautelosa lentidão nesse pedaço de terra rodeado pelas escuras águas do Chiveve.

É por isso que, agora, me soa estranho o contrato que estabeleço com Mamudo para que, no dia seguinte, ele me conduza às ilhas. Escrevo assim, no plural, «as ilhas». Terei muita sorte se

o barquinho à vela, um *dow*, chegar a uma única ilha.
A negociação, devo confessar, não foi fácil. Para que corram bem as negociações não podem ser fáceis. Pelo menos aqui, na costa de Cabo Delgado. Os vendedores aproximam-se leves como sombras, como se a areia fosse uma alcatifa amortecendo a sua chegada. No Sul de Moçambique, de onde venho, ter-me-iam abordado de outra maneira:

— *Estou a vender.*

E a relação comercial seria logo ali definida, uma relação não simétrica entre quem tem produto e quem tem dinheiro. O preço está à mão de semear. O que vier a mais é gorjeta. Aqui, não. A aproximação é, desde logo, mais profissional. O vendedor anuncia-se do seguinte modo:

— *Tenho um negócio.*

E estamos ambos do mesmo lado da mesa, sabendo de antemão que há um jogo de palavreação que se irá prolongar. Foi assim que Mamudo me abordou. A visita às «ilhas» (ele sempre as nomeou no plural) era um pacote completo. Ele dava o barco, ele seria o marinheiro e o assistente de bordo (servindo uma refeição que ele mesmo prepararia). Após acordar o preço havia ainda a necessidade de um adiantamento para ele comprar a comida. Tudo à confiança porque, segundo ele, todos nas redondezas conheciam o seu bom-nome.

O «negócio» ficou fechado e um casal de turistas que assistia à conversa pediu para se atrelar à excursão. E Mamudo fez uma adenda ao contrato já firmado comigo.

Deitei-me cedo porque a partida, na manhã seguinte, aconteceria a uma hora em que, de acordo com Mamudo, os próprios peixes estariam ainda dormindo. Sonhei que era um ser marinho balouçando naquelas águas transparentes, roçando os recifes de corais e as barrigas escuras das almadias. No meio da noite, porém, fui acordado pelo ruído de uma janela batendo. Levantava-se um temporal. A areia fina e branca se lançava de encontro às paredes de madeira do meu rondável. Aos poucos a praia se transferia para o soalho do meu quarto. De manhã, era evidente que a excursão teria que ser adiada. Quando cheguei ao local combinado, os turistas reclamavam com Mamudo e exigiam-lhe o dinheiro de volta. Mas o marinheiro já tinha gasto o adiantamento no dia anterior. Levantava-se ali uma segunda tempestade: os turistas subiam de tom na sua reivindicação. Que eles já regressavam a Maputo no final do dia e não podiam ficar a perder. Resolvi intervir, amenizando a exaltação dos estrangeiros. E resultou: ao fim da manhã, sob um céu plúmbeo, estávamos todos sentados na varanda de Mamudo a comer a galinha que ele tinha grelhado. E ali nos deixámos ficar, escutando histórias que Mamudo desfiava como contas de um infinito rosário. Cada história era um remo sulcando águas que nos afastavam do mundo. No final, o marinheiro trouxe a bacia de água morna para lavarmos as mãos. E ele disse:

— *A vida é um negócio.*

Imagem pouco poética, mas aquele era o seu modo maior de romantizar o milagre de celebrarmos o nosso encontro. Quando os turistas se despediram havia neles um sorriso de quem, afinal, tinha visitado uma ilha e os seus paraísos. Ao fim e ao cabo, o marinheiro cumprira o prometido: sem sair da praia, ele nos conduzira por uma viagem para a outra margem do mar.

(julho de 2009)

O caniço apanhando onda

Vovó Abida encosta a cabeça no vidro do machimbombo, vergada por um cansaço de séculos. A velha senhora se apoia com delicadeza de pássaro. O vidro da janela é uma almofada de luz em que ela se refaz de mágoas mais antigas que a terra. Como se naquela transparência se resumisse toda a sua vida. Sem peso, sem mancha: um simples vitral separando-a da cidade.
Adormece enquanto, de olhos fechados, vai adivinhando o caminho. O autocarro segue a sinuosa linha do tempo. O sonho, contudo, transporta-a na direção inversa, rumo ao passado. Vovó Abida vê passar a antiquíssima carrinha dos anos 50, vencendo a lama da picada que cruzava os pântanos junto ao mangal da Costa do Sol.
O sonho transporta-a para um mundo em que a paisagem tinha a sua idade. Quem a olhasse, neste instante, surpreenderia um riso

no rosto adormecido de Abida. Porque ela a si mesma se vê menina, brincando no riacho Quenhenguanine. Não havia estrada asfaltada, não havia casas de cimento, estava no subúrbio do subúrbio. Tinha sido naquela região, na Baixa de Matibanine, que ela nascera. Seu pai, pescador, lhe ensinara muito sobre a vida e seus meandros. A lição maior, porém, tinha sido a despedida, com seus modos secos, sem lágrimas nem palavra. Abida ficava a olhar a embarcação do pai a afastar-se, engolida pela neblina. Lá à frente, a ilha da Xefina parecia um esquecimento de Deus, uma pegada de um outro errante continente. E ela regressava à casa de madeira e zinco, escolhendo entre lamas e as raízes das nkandayas, que era como se chamavam as árvores do mangal. Faltava muito para ali haver uma ponte. Atravessava-se a pé, nos períodos de maré baixa.

Um solavanco do machimbombo a faz estremecer, mas a avó não desperta. Aconchega melhor a sua trouxa e ajeita-se melhor no banco. E regressa ao sonho. Como se fossem ondas, chegam-me os tempos em que apanhava caranguejos nos fios de água que atravessavam o mangal. Já ninguém se lembra que, onde hoje está o novo casario, era a maré que comandava, exclusiva e soberana. Abida sabia o nome de cada um desses riachinhos como hoje se sabe o nome das ruas: o Xuavane, o Macube, o Maquena, o Chadana. Todos estes riachos nasciam por mando das chuvas. Ainda hoje deveriam fazer escoar as águas da região alta da cidade. Dizem que esses carreirinhos de água esperam por vingança, em secreta aliança com chuvadas torrenciais.

A ténue linha do sonho separa a avó do mundo presente. Esse tempo, esse que ela chama de «seu», está muito longe. A estrada da marginal não cruzava, nesse seu tempo, este emaranhado de construções que hoje vai balizando a duna. São residências, escolas, mercados, hotéis, restaurantes. O ritmo de construção é estonteante. A cidade de Maputo cresce sem ordem e com pressa. Como todos os jovens: colocando a vida à frente do sonho.

Tudo isso está longe da adormecida Vovó. De repente, o autocarro para. Uma multidão rodeia a viatura. O barulho traz Abida à realidade.

«*Vovó Abida! Vovó Abida!*»

A senhora espanta-se ao ouvir chamar pelo seu nome. Seus olhos piscam, vencendo a luz. Até que o seu rosto se abre, em espantada alegria. É o neto, na berma da estrada. O miúdo está de fato-de-banho, com uma toalha vermelha, um pedaço de isotermo para servir de boia.

— *O que fazes aqui, Tonico? Esta praia não é para... não é para nós...*

Não se chega a explicar. Porque, em redor, estão dezenas de miúdos como Tonico, meninos negros e pobres a atapetar a praia. O olhar de Abida espreguiça-se por entre as centenas de crianças, em sementeira de folguedos. E ela a si se pergunta: o que é isto, o caniço está a apanhar onda?

E, de novo, encosta a cabeça no vidro. Um sorriso mais largo lhe desenruga o rosto. E o autocarro retoma a viagem, enquanto Abida retoma o sonho.

(janeiro de 2003)

A China dentro de nós

A China já foi o país mais pequeno do mundo. E os chineses foram o mais pequeno grupo humano do planeta. Aconteceu quando eu era menino, o universo era um quintal de brincar e os chineses cabiam todos em poucas ruas da minha cidade natal. Naquele tempo, na cidade da Beira, os chineses não eram todos como os de hoje, de pele clara e cabelos lisos. Muitos eram mulatos, de cabelos crespos e pele castanha, frequentando as mesmas igrejas e escolas dos europeus da colónia.
Aconteceu no meu bairro de nascença, o Maquinino. Eu saía de casa rumo à Escola Primária António Enes e passava pela loja a que chamavam «a cantina do chinês», para comprar cadernos, lápis e as recém-aparecidas esferográficas *Bic*. Ali me juntava ao meu colega de turma, filho do dono da loja. Esse mesmo menino, de nome Ching, era reservado e sério como um adulto que já gastou todos os sonhos.

A infância era, para ele, um serviço a ser cumprido com profissional diligência. A zelosa discrição de Ching era para mim uma marca de raça mais forte que os olhos amendoados. Ser-se chinês era ser assim, votado e devotado ao silêncio. Ching sabia de aritmética, mas não sabia responder quando lhe perguntava onde e como era a China. Porque ele nascera nesse mesmo bairro africano e o mundo terminava ali, entre a Munhava, a Manga e o Macuti. Em 1960, havia cerca de dois mil chineses registados em Moçambique. Mais de metade deles já tinha nascido em território moçambicano e o meu pequeno colega Ching era um desses descendentes de imigrantes. Quase todos os setecentos chineses que viviam na Beira tinham origem próxima ou distante em Cantão. Os pais falavam em cantonês entre eles, em português com os filhos e em chissena com os clientes. Uma alma assim distribuída só podia estar deitando sementes no futuro.

Algumas vezes, aos domingos, eu e Ching íamos de «burra» (era assim que chamávamos às nossas bicicletas) pelas margens do Chiveve, para ver os pescadores de *mussopo* e as vendedoras de *marora*. O pequeno chinês olhava o poente sobre as águas barrentas e seus olhos estreitos pareciam ver paisagens para além do oceano. Certo dia, ele me convidou para assistir a um desafio de basquetebol. Jogava o seu clube do peito, o Atlético Chinês.

— *Meu pai não me deixa dizer o nome do clube em português*, confessou.
— *E que outro nome tem o clube?*
— *É o Tung Hua Athletic Club.*
Ao pronunciar aquelas palavras, de um jato, pareceu-me, de repente, que ele se tornava um desconhecido. Mas Ching simplesmente pretendia que eu testemunhasse as incomparáveis artes de uma jogadora que integrava a seleção nacional portuguesa nesse mesmo ano. Chamava-se Sui Mei.
— *Meu pai não me deixa chamar assim essa jogadora*, voltou a confessar.
— *E como é que lhe chamam, então?*
— *Swi Mai, é assim que lhe devemos chamar.*
Fosse Sui Mei ou Swi Mai, a basquetebolista era uma exímia jogadora. Mas não foi o desempenho desportivo que mais me impressionou. O que me marcou, para sempre, foi a graciosidade sorridente com que ela evoluía no campo como se o jogo fosse um bailado partilhado e não uma contenda entre lados opostos. A afabilidade de Sui Mei parecia estar curando a nossa cidade de uma ferida secular.
— *Veja o cabelo dela*, sugeria o meu amigo Ching.
— *O que tem?*
— *Veja como nem um fio se desamarra.*
A multidão quase fazia o estádio vir abaixo. Os jogadores piruetavam pelo espaço, mas não havia desalinho nem no sorriso nem no cabelo da chinesa.

Certa vez, chegou à Beira um primo de Ching vindo de Inhaminga. Ele era mulato, filho de uma negra e de um militar chinês fugido de Cantão. O pai queria enviá-lo para estudar na China. A mãe «raptou» o menino e levou-o para as imediações de Inhaminga. O miúdo cresceu ali, nessa sombra longínqua, longe do austero pai. Crescera-lhe o corpo e acrescera a ânsia de conhecer as suas origens. Ele vinha agora à cidade para secretamente espreitar o progenitor. Levámo-lo ao mercado e Ching apontou entre a multidão:

— *Ali, aquele é o seu pai!*

O moço quedou-se, impassível, e demorou um indefinido olhar como se, em si mesmo, aquela visão não tivesse onde morar. Tentei perscrutar a alma do visitante: havia uma grande muralha ocultando a sua intimidade.

No regresso, adivinhava-se nele uma singela tristeza. Surpreendeu-me o crepitante convite de Ching:

— *E se fôssemos assistir ao basquete? Hoje joga a Sui Mei, vamos lá!*

No banco de pedra do pavilhão, enquanto se escutava a cadência da bola como se fosse o pulsar de um coração, o rosto tristonho do primo se desanuviou a pontos de um sorriso.

Amarelo que fosse, mas sorriso.

Jogos Olímpicos, jogos mágicos

Quatro décadas mais tarde, na sala da minha casa, os familiares se posicionam em redor do televisor, como que à volta de um luminoso oráculo.
— *Vejam: já são imagens de Pequim!*
— *Não é Pequim, é Beijing*, emenda alguém.
Seja Pequim, seja Beijing, o momento é quase religioso. A cerimónia de abertura dos Jogos Olímpicos de Beijing corresponde a um encantamento que nos transporta à infância. Como ficou longe o tempo em que a China era uma nação pequena e os chineses cabiam num pequeno bairro de uma pequena cidade! A China, afinal, sempre foi enorme, uma potência ao longo de toda a História. Esta festa, contudo, parece feita para que eu viaje nas minhas próprias lembranças. No espetáculo, a China viaja para além da História, para além de si mesma. E já não é a cerimónia que eu vejo. São memórias que se acendem dentro de mim.

De súbito, recordo o rosto sério do pequeno Ching, percorrendo com passo de missionário os carreirinhos do Maquinino. O menino vem de longe, desse tempo em que os sino-africanos eram tidos como cidadãos de segunda e aprendiam a envergonhar-se da sua origem cultural e religiosa.

E agora, quando a bandeira moçambicana se vislumbra no estádio olímpico, eu relembro o menino vindo de Inhaminga para sarar o seu sentimento de orfandade. E ninguém mais é separado de seus familiares: a mensagem da festa olímpica é um lenço desfazendo tristeza no rosto de todo menino distante da sua própria infância.

Por fim, eis que a imagem de Lurdes Mutola se acende no televisor como se o seu semblante fosse já um confirmar de vitória. E nós festejamos ruidosamente na sala, houvesse outras olimpíadas dentro daquela grande celebração.

Aos poucos, renascem em mim todos os sorrisos de Sui Mei, essa que curava as feridas das nossas vidas derrotadas. E, de novo, somos todos naturais desse território onde a pólvora foi inventada para fazer brilhar fogos de artifício.

(outubro de 2008)

Zambezeando

Os rios, dizia o poeta, são como os bichos: nascem e já estão a caminhar. Empreendo aqui a imaginária viagem do nosso rio maior, da nascente à foz. Sigo de rio, sou Zambeze. Por quase três mil quilómetros vou zambezeando (como dizem os versos de Gulamo Khan) até desaguar no mar. Olhando o rio me vejo, eu mesmo fluindo, em travessia do tempo. Essa viagem é sempre sem retorno? A poesia me dá um barco, mais um remo que é o sonho. E eu aprendo a navegar ao invés da corrente. Como se dentro do rio um outro rio fluísse em contratempo...

Cataratas de Vitória

O que contemplamos, fascinados, nesta margem não é o rio, mas a sua súbita ausência.

O que é visível, o que fica no retrato das cataratas, é o Zambeze lançando-se em suicida queda de mais de cem metros de altura. A imensa toalha de água (quase dois quilómetros de largura) se despenha, indefesa, num degrau. Mas a água não sofre ferimento. Apenas se zanga. E uma nuvem de vapor se levanta a revelar esse estado de alma. A gente que ali vive chama às cataratas «a nuvem que ruge». Essa nuvem é visível por muita distância, como um vulcão que em vez de cuspir lava nos lavasse. Ali se gosta de desenhar o arco-íris.

Lago

Como se de súbito se arrependesse de sua marcha, o rio afrouxa. E se suspende, a repensar o seu desfecho em algum mar mais adiante. O Zambeze sai da estrada de seu destino e escolhe ele mesmo ser mar. Faz-se o lago, sem a outra margem. Por baixo, ficaram florestas submersas. Como barcos vivos que tivessem naufragado e não guardassem outro tesouro que a memória desse vale verdejante que foi submerso pelo lago artificial.

As terras de Bawa e Daque

O Zambeze não é só o rio que corre entre duas margens. É tudo em redor: a gente, os bichos, o verde.

O Zambeze é um corpo mais vasto que se estende por nações várias e do qual somos tentados a reconhecer apenas a líquida veia escorrendo. O rio é uma nação, um território vivo, fabricando as suas próprias fronteiras. A bacia do Zambeze aglomera 32 milhões de pessoas. A maior parte desta gente vive da agricultura e dos recursos naturais.

A degradação das terras, a falta da proteção das nascentes e das florestas ribeirinhas são sombras a mostrar que, onde hoje há desertos, já houve rios e mares. Projetos como o de tchuma-tchato, que envolvem a comunidade local na proteção da fauna, podem representar uma nova fase na conservação da natureza.

Hipopótamos, elefantes e outros bichos

Para muitos, o hipopótamo é a imagem de um animal simpático, bonacheirão. Melhor: bocacheirão. Sabe-se, agora, que não é. O bicho não é inofensivo. A maior parte dos casos de pessoas atacadas por animais envolve, na realidade, os redondos paquidermes. Seus olhos ensonados, postos no sótão da cabeça, são o telescópio desse anafado submarino. E as lendas se tecem em redor destes animais.

Bicho grande tem sono leve. O que faz sonhar o elefante? A elefanta, sem dúvida. Mas o rio, certamente, é uma das visões que anima o sonhar do elefante. Só quem não vive esta paisagem não compreende porquê. Na lenta agonia dos períodos secos, o rio é a última réstia, a mais cara miragem. Os animais saem da manhã como se saíssem de um ninho e não de um tempo e congregam-se na margem como se fosse ali a fronteira do paraíso. E cudus, impalas, zebras, bois-cavalos, elefantes, tudo ali se junta em trégua de convívio com o sol.

Barragem de Cahora Bassa

O Zambeze esgravata nas escarpas do Songo, o rio palita os dentes na aridez da paisagem. O leito se alimenta de pedra, vai rasgando paisagem. Ali onde se dizia que o «trabalho acabou» (em chissena, *Cahora Bassa*) outro trabalho começou. E o homem escavou a rocha, suspendeu a artéria, arrumou a força. O Homem fez o vazio dar fruto. A barragem nasceu. Da corrente do rio assim estancada nasceu outra corrente, educada a caminhar por torres e cabos. E essa outra corrente disputa com o Zambeze: qual a maior das serpentes, ziguezagueando pela África Austral?

Cidade de Tete

A viagem contracorrente fizeram-na portugueses, árabes, indonésios, persas. O rio costurou povos exóticos, mestiçou culturas, desarrumou fronteiras (sendo ele mesmo fronteira). O rio não é apenas atravessado por pontes. Ele próprio é uma ponte. O Zambeze está ali esperando albergar novos projetos, alimentar novas riquezas. O vale do Zambeze não é apenas geografia: atravessa todo o futuro deste país.

Açucareiras

O Zambeze deambula como que flutuando por planícies e, de caminho, alimenta fábricas e engenhos, engrossa plantações. A cana-de-açúcar estende-se nas plantações de Marromeu, Chinde e Mopeia. O rio lambe essa terra açucarosa e adoça-se, já estuário. Os canaviais, em suas ondulações, disfarçam-se de mar para atrair mais rio.

Foz (o Delta)

O rio já carrega muita distância e maiores cansaços. A torrente, agora, já quase tem mais terra que água. Em seus percursos o rio se engravida de terra? O delta se embarriga, para pasto de pântanos.
Mais adiante, os mangais esperam o Zambeze quando ele se demora, dilatado em afluentes como se adivinhasse o fim próximo. No mangal, a garça é um lenço branco: a despedida do rio que morre no mar sem nunca acabar de morrer.

(janeiro de 1999)

Um outro final de tempo?

Nunca prestei grande atenção ao calendário, nunca comemorei datas. Tenho para mim um relógio íntimo que marca outro compasso nisso que chamamos de tempo. Contudo, ao ler estas linhas já impressas na revista eu poderei dizer: «Escrevi este artigo no milénio passado.» E o tempo terá um sabor que nunca experimentei. Falamos muito do milénio porque temos medo. Inevitavelmente, o tema se associa ao advento de calamidade, ao final do mundo. A pergunta deve ser feita: porque nos ocupamos tanto desta celebração sabendo que ela não é senão o resultado de uma encenação? Porque se insiste em eleger este tema como preocupação universal sabendo que, para a maior parte da humanidade, o milénio não merece sequer referência? Para crentes de outras religiões que não a cristã, o milénio não é preocupação senão por empréstimo.

Há uns anos, um jornalista que me acompanhava nas minhas andanças de biólogo ficou espantado porque não encontrou, no interior de Moçambique, equivalente na língua local para o termo «futuro». As pessoas possuíam, evidentemente, noção da existência de um porvir. Mas não nomeavam esse tempo vindouro. Nessa cultura — como em tantas outras — domina uma conceção circular do tempo, bem distinta da concepção linear que se acredita universal.

Mas não são apenas as culturas da oralidade que rejeitam a ideia do tempo-flecha, como um ponteiro evoluindo num infinito cenário. A própria ciência coloca hoje em dúvida as conceções aristotélicas e newtonianas sobre as quais assenta a nossa intuição da passagem do tempo. Para os físicos que estudam a lógica das galáxias, a pergunta sobre o «depois» do universo não tem muito sentido. Simplesmente porque, para o universo, não houve nunca um antes. À pergunta fatal — e antes de haver universo o que é que havia? — alguns físicos respondem com a maior simplicidade: não existia nada. O tempo nasceu com o próprio universo.

Retomo a questão da relatividade do tema — o milénio — porque me surpreende a arrogância com que se proclamam certas preocupações como essenciais à nossa espécie. Afinal, para a grande maioria dos homens, o milénio não é sequer assunto. Não fosse um certo tipo de calendário se ter imposto como marcação hegemónica do tempo e não haveria razão para escrever este artigo.

O próprio numeral «mil» só tem este lugar central devido ao domínio de um tipo de numeração na base dez. Estamos comemorando a passagem do milénio porque uma certa cultura decimal triunfou sobre outros sistemas de numeração. Houvesse triunfado um sistema na base de um outro algarismo e já o número 1000 teria pouco significado simbólico. Não fossem alguns textos básicos da religião cristã que incluem prédicas milenaristas e a data perderia o seu caráter especial.

Acertemos, pois, que o assunto é relativo a uma dada cultura e que o seu alcance se foi alargando devido a razões históricas bem conhecidas.

A importância da data nasceu marcada pelo seu condão trágico e, desde cedo, os finais de milénio condensaram sentimentos de receio e, muitas vezes, de pânico coletivo. Presságios e hecatombes ameaçaram abater-se sobre a Terra sempre que se avizinhava o fim de século.

Nas vésperas do ano 1000, grande parte dos europeus foram tomados pelo pânico. Um batalhão de videntes, astrólogos e profetas, secundados por matemáticos e monges, anunciavam o catastrófico fim do universo. Gerações que viam avizinhar-se a viragem do século convertiam-se em piedosas criaturas redigindo generosos testamentos. Os ricos doavam as terras à Igreja e os seus bens aos mais pobres. Muitos viajaram para Jerusalém. Outros procuraram abrigo em mosteiros. Em dezembro do ano de 999, os comerciantes fecharam as lojas e distribuíram o dinheiro pelos pobres. Perdoaram-se dívidas, soltaram-se condenados, ilibaram-se criminosos. Cito Hillel Schwartz: «Nos lares, as esposas perdoavam os maridos adúlteros e os maridos perdoavam as esposas infiéis. As crianças eram dispensadas dos bancos das escolas pelos seus mestres que não viam utilidade no ensino, tão perto se encontrava o fim do mundo.»

O dia 31 de dezembro de 999 instituiu um verdadeiro caos. Cristãos encheram as igrejas, em preces desesperadas. À meia-noite daquele dia, o papa Silvestre II dirigiu-se em missa especial de Roma e viu, com espanto, que nada de especial acontecia enquanto proferia suas orações. O novo milénio despontava sem que o mundo se abatesse no vácuo. Um enorme suspiro de alívio uniu os crentes que imediatamente se dedicaram, com ânimo, a diversas obras de construção.

O ano 1000 foi um período admirável de reconstrução e esperança. Pudesse esse espírito regressar agora, nesta infância do século, e encorajar os homens para reconstruírem aquilo que tem sido degradado. E que, desta feita, a obra maior fosse o próprio homem.

(janeiro de 2000)

A cidade na varanda do tempo

Como todas as cidades, Maputo fez-se de invenção e mito. Cidade das acácias vermelhas: primeira invenção. As acácias não são verdadeiras acácias. Segundo logro: as belas árvores que apadrinham a cidade não são originárias do continente africano. Vieram de Madagáscar. Que importa a origem, se elas se instalaram, cor e perfume, na paisagem da capital moçambicana? Como os seus habitantes que, hoje, são maioritariamente gente vinda de outras regiões. Terceiro mal-entendido: o nome. Depois da Independência escolheu-se um nome indígena para ajudar a devolver a cidade ao país que nascia. Lourenço Marques descia do pedestal e Maputo era hasteado como que designando um sonho. O novo nome parece, contudo, não satisfazer o rigor da História e da geografia. Maputo é nome de água, de rio que desagua a sul da baía. Há quem diga que o mais certo seria chamar-se Pfumo ou KaMpfumo.

Incontornáveis verdades são os detalhes que sobrevivem ao tempo. Por exemplo, essas ruas que se atapetam de flores de jacarandá. Ali, junto ao Hospital, quem tem coragem de pisar esse chão lilás? Esta cidade que transitou de nome — de Lourenço Marques para Maputo — continua ainda hoje sendo chamada de Xilunguine por grande parte dos seus habitantes. Xilunguine é o lugar onde se vive «como os brancos». A cidade, de facto, é a porta por onde este país se troca com a modernidade. Esta é a varanda onde o mundo mais namora com a nação moçambicana. Por aqui viaja a moçambicanidade, aqui se tece e entretece a multiculturalidade que é nosso próprio lugar de cidadania.

A cidade foi atravessada por tempos, por mundos. O passado colonial vive ainda em muitos e tantas vezes belos edifícios. Está ainda presente o tempo da revolução, com suas já desbotadas palavras manchando muros e paredes. O slogan esboroa-se no tempo, envelhece. Se é que não nasceu já velho. As velhas casas da parte alta — sobretudo junto ao bairro Polana — são testemunho dos primórdios em que a Barreira Vermelha foi ocupada e a urbe tomou pomposamente o nome de «nova Buenos Aires».

Estava-se no princípio do século e a cidade fugia das zonas baixas, insalubres e pantanosas. Até finais do século XIX, Lourenço Marques nunca logrou ultrapassar uma paliçada de caniço que marginava um banco de areia onde agora se situa a FACIM (Feira Agro-Comercial e Industrial de Maputo). Tudo se confinava nesse escasso território onde os portugueses se sentiam seguros. Para cima, nas barreiras, ficava o «mato» e para norte, os territórios lodosos dos mangais.

Um simples passeio pela atual Maputo permite ler estes sinais da História. A cidade é recente mas, como numa concha, as épocas foram-se justapondo em camadas. Uma outra lógica já arrumou o espaço urbano: por raças, por classes, por civilizações. Pretendia-se espelho de uma certa Europa, como se ali bem ao lado estivesse não o Índico mas o Mediterrâneo. A cidade foi, depois, desarrumada e rearrumada. Às vezes, na ingénua esperança de aceitar todos e de se deixar habitar com equidade. Assaltada pela ruralidade, a cidade resiste. Gerida por urgências e os sempre insuficientes fundos, a beleza de Maputo acaba por se impor mesmo após os momentos mais difíceis como foram as últimas chuvadas de fevereiro.

Resistem também algumas árvores. Algumas delas são monumentos. A velha *phama* do Xipamanine que deu nome ao bairro. A *kigelia* frente à fortaleza: quantas histórias, quantos mitos? Vale a pena visitar as cidades africanas por via das árvores que encerram lendas e carregam mais histórias que folhagem.

Um lugar de fabricação de mestiçagens

Muito se conhece do património histórico e arquitetónico de Maputo. Mas a cidade tem outros méritos, menos conhecidos. Maputo foi o cadinho onde se experimentaram novas correntes artísticas. Ali se forjou grande parte da arte e do pensamento moçambicano.

Os subúrbios da velha Lourenço Marques foram, durante décadas, um ambiente de fronteira e mestiçagem. Em bairros como a Mafalala, a Malanga, o Xipamanine e mesmo a Malhangalene, a ordenação do espaço segundo a lógica da raça já não mandava com completa hegemonia. Nessas regiões se forjou a mestiçagem cultural que esteve na base de um pensamento moçambicano. Nessas zonas de fronteira teceram-se trocas não apenas entre raças mas entre etnias. É sabida a importância de comunidades macuas em bairros como a Mafalala. Eram, do ponto de vista da cultura, regiões altamente produtivas.

Durante a última metade do século passado esta cintura suburbana constituiu-se como nichos culturais altamente produtivos. Nomes como Noémia de Sousa, José Craveirinha, Chichorro, Malangatana, Calane da Silva, o guitarrista Daíco e o grupo Djambo são produtos desse convívio. Mas não é apenas a arte como o próprio pensamento político que germina nestas regiões periféricas — os centros cívicos (Associação Africana), os jornais como o *Brado Africano*, as associações estudantis (NESAMO, Núcleo dos Estudos Secundários Africanos de Moçambique), toda esta agitação acontece na periferia urbana como se fosse um novo mundo que nascesse de fora para dentro, uma invasão que ocorresse da pele para o centro. É comum que estas regiões suburbanas, habitadas pelas classes trabalhadoras, sejam o limbo onde se renovam correntes artísticas. O samba nasceu nas regiões suburbanas do Rio de Janeiro, o tango nasceu nos subúrbios de Buenos Aires. Podemos, sem grande erro, detetar a mesma tendência nos subúrbios de Maputo — Fany Mpfumo e a Marrabenta, José Craveirinha e a nova poesia, Malangatana com a sua carga inovadora na pintura, Alberto Chissano na escultura. E podemos acrescentar Chichorro, inventando mulheres casadouras esperando na varanda.

Maputo continua assim como essas mulheres de Chichorro: esperando pelo tempo na ampla varanda que abre para dentro de si mesma.

(julho de 2000)

Moçambique 25 anos

No dia da Independência eu tinha 19 anos. Toda a minha adolescência fizera crescer o sonho de um dia ver subir num mastro uma bandeira para o meu país. Eu acreditava, assim, que um sonho se poderia traduzir numa bandeira. Há coisas que fazemos por acreditarmos. Outras coisas passamos a fazer por deixarmos de ter crença. Em 75 eu era um jornalista movido a crença. O mundo era a minha igreja, os homens a minha religião. E tudo era ainda possível.

Não tenho boa memória, mas disso me recordo com nitidez. Na noite de 25 de junho eu tinha sido escalado para trabalhar na sede da Rádio. Para mim, era um castigo estar afastado da grande festa que decorria no Estádio da Machava. Mas era-nos pedido disciplina e havia que aceitar que alguns se sacrificavam em nome dos outros. Fazia parte da crença.

Um quarto de hora antes da meia-noite decidimos, eu e mais três jornalistas, desobedecer. Havia um carro enferrujado na oficina, havia alguém que acreditava saber conduzir. Assim, escapámos da redação e lá fomos, rumo ao estádio, como inseto atraído pela sedução da luz. No caminho, eu saboreava esse gostinho de transgredir e de me juntar à celebração coletiva.

Apesar de não haver trânsito, o nosso velho carro progredia devagar. Assim nunca chegaremos a tempo, comentou alguém. Foi quando, de repente, escutámos sirenes e, num instante, ficámos envolvidos por uma fila interminável de carros. Numa dessas viaturas seguia — para nosso indizível espanto — o presidente Samora Machel. Era a comitiva presidencial que rumava com ligeiro atraso para o lugar da cerimónia. Por feliz acidente o nosso pobre calhambeque acabou ficando integrado na comitiva. Foi assim que, infiltrados entre altas individualidades, demos entrada em pleno Estádio, esmagados pelo clamor da multidão.

Não esqueço nunca os rostos iluminados por um mágico encantamento, não esqueço o olhar dos que construíam aquele momento. Havia festa, a celebração de sermos gente, termos chão e merecermos céu. Mais que um país celebrávamos um outro destino para nossas vidas. Era uma espécie de redenção, de reencontro com nosso próprio futuro.

Vinte e cinco anos depois esse olhar é o mesmo no rosto do comum moçambicano? Não é. Nem podia ser. Porque no primeiro dos vinte e cinco se cristalizava a esperança total e absoluta. Aquela era uma esperança legítima, mas ingénua, de que era possível, no tempo de uma geração, mudarmos o mundo e redistribuirmos felicidade. Entre o otimismo demagógico e o pessimismo derrotista que balanço fazer deste percurso? Foram, sobretudo, anos de aprendizagem do que é (e do que pode ser) a soberania e a dignidade. Estamos ainda gatinhando esse chão de sermos uma nação, partilhando iguais sonhos e desilusões. Já não acorreríamos com a mesma alegria ingénua para um estádio a celebrar uma nova anunciação. Mas isso não quer dizer que somos menos disponíveis para a crença. Estaremos mais despertos para saber que tudo pede um caminho e um tempo. Tomamos o pulso a um mundo que, ao mesmo tempo, nos pede e nos nega cidadania.

Um quarto de século é muito na história de um indivíduo. Mas é quase nada na História de um país. Sabemos hoje que estamos ainda longe de realizar esse sonho que nos fez cantar e dançar na noite de vinte e cinco de junho, no Estádio da Machava. Grande parte dessa aspiração ficou por cumprir. Poderemos recorrer a explicações, apontar dedos acusadores. Tudo isso será pouco produtivo. Necessitaremos de inventar dentro de nós razões para agir. Com mais ou menos crença. Mas construindo. Não o melhor dos futuros. Mas um futuro para todos. Um futuro que vá começando já hoje. Moçambique não é mais que essa construção, esse compromisso para com os nossos filhos.

(*outubro de 2000*)

Um mar de trocas, um oceano de mitos

O Índico não é apenas da ordem da geografia: é um guardião de história de povos diversos. Viagens antigas não trocaram apenas genes, mercadorias, línguas e culturas. Forjaram identidades e uma história comum de povos que bem se poderiam hoje chamar de «indiânicos». Os adeptos da «pureza» genética e/ou cultural que se desenganem: o que somos hoje é o resultado de mestiçagens antigas, tão velhas e complexas que nem sempre lhes seguimos o rasto. Essa mistura de misturas é, afinal, comum a toda a humanidade. Em redor do Índico, porém, onde uma ampla teia de trocas se foi estabelecendo desde há sete séculos, esse mosaico é bem singular.

A costa moçambicana testemunha a chegada desses navegadores. Em outros recantos guardam-se outras memórias: a partida de escravos, a presença de comerciantes, a permanência de militares. A este território foram chegando barcos e marinheiros num infindável desfile. Por aqui passaram chineses, indonésios, árabes, indianos, europeus. A costa de Moçambique foi a via de penetração para todo o continente do coqueiro e da bananeira que viriam a alterar a vida de comunidades inteiras. Por meio destas trocas, o Índico foi banhando afastadas terras que as suas águas nunca tocaram. Mais do que trazer produtos, os longínquos visitantes deixavam a habilidade de estabelecer trocas e negociar destinos. E não foram apenas roupas, barcos, sementes e frutos que os «outros» trouxeram e que hoje acreditamos ingenuamente serem nossos de origem. O que nos ficou foi a capacidade de criar mestiçagens culturais, de nos construirmos identidades que funcionam como empresas de *import-export*. Essa desidentidade também a fomos cedendo aos outros que, assim, foram ficando menos outros.

Outras globalizações

O marinheiro que ajudou Vasco da Gama a navegar da ilha de Moçambique para a Índia não sabia quanto estava participando no que se chama hoje de «globalização». Também não fazia ideia quanto ele estava repetindo um feito que há quase um século já se havia cumprido.

Na realidade, em 1403, o almirante chinês Zeng He comandou uma esquadra de navios que escalou a costa oriental da África. Navegava no sentido inverso ao do português, mas também ele era auxiliado por um marinheiro muçulmano que conhecia as rotas do Índico. Zeng He converteu--se ele próprio ao islamismo e, por vezes, rumava a Meca para cumprir as suas religiosas obrigações. Os mares foram estradas para homens e deuses.

Entre 1403 e 1435 o almirante Zeng He repetiu sete vezes a proeza de atravessar o Índico. Nesse período, um total de 350 grandes juncos enviados pelo imperador Ming transportaram pessoas e mercadorias entre as diferentes regiões que marginam o Índico.

Os juncos chineses não eram barcos de pequena dimensão. Alguns deles disputavam grandeza com os modernos transatlânticos. Tinham capacidade para 1000 passageiros e podiam carregar centenas de toneladas de mercadoria. Navegavam ajudados por correntes e monções que insuflavam as velas presas em bambus. Ao contrário das naus lusitanas, que dispunham de três mastros, os navios chineses estavam apetrechados com nove mastros. Nem Vasco da Gama no final do século nem Zeng He inauguravam caminhos novos em águas do Índico. Ambos seguiam as pegadas de viagens já sulcadas pela religião islâmica e pelo comércio árabe.

Ao contrário do Atlântico Sul que, no século xv, não testemunhara ainda viagens transcontinentais, as águas do Índico já tinham visto quilha de muito barco. As ilhas que os portugueses iam descobrindo ao longo da sua rota eram desabitadas. O mesmo não se passava nas costas orientais do continente.

Outros passageiros

Os navios trouxeram não apenas riquezas mas furtivos e clandestinos passageiros que davam pelo nome de ratos. Os ratos foram notáveis disseminadores de doenças e pragas. É difícil imaginar quantas trocas se faziam já no século XIV entre as mais longínquas paragens. Acreditamos que viagens tão difíceis exigem os atuais e sofisticados meios náuticos. Mas o desafio de cruzar os mares estimulou, desde há muito, o engenho e a arte do ser humano. Nunca nos conformámos com o destino e o lugar que nos coube. Sempre partilhámos com os deuses o milagre de caminhar sobre as águas.
As embarcações trouxeram também enganos e mal-entendidos. Quando Colombo desembarcou na costa da América batizou os habitantes locais de «índios». Acreditava estar perante um povo das Índias, no oceano Índico. O nome, fruto de equívoco, não foi nunca retificado. Ficou para sempre e para todos (incluindo para os mal batizados «índios»). Outras marcas sobreviveram durante séculos. A história das navegações não é feita só de glórias. Os navegantes europeus trouxeram com eles doenças contra as quais as populações americanas não haviam adquirido resistências. Epidemias mataram milhões desses «índios». Acredita-se que,

um século depois da chegada de Colombo, alguns destes povos tenham sido reduzidos a um décimo da sua população originária. As viagens realizaram trocas de produtos alimentares. Muito do que incorporamos na nossa dieta quotidiana vem dessas Américas. Foram os navegadores portugueses os maiores responsáveis por esta disseminação. Muitos moçambicanos acreditam que produtos como a mandioca, a batata-doce, o caju, o amendoim, a goiaba e a papaia são genuinamente africanos. Todos eles foram importados e chegaram a África no porão de alguma pequena nau lusitana.

Um pano de muitas linhas

Mais que obstáculo, o oceano Índico foi um caminho, um cruzamento de culturas. Por suas águas chegaram navegantes de outros continentes, de outras raças, de outras religiões. Na costa moçambicana os navios eram a agulha que costurava esse imenso pano onde ainda hoje se estampam diversidades. Durante séculos não se procedeu apenas ao comércio de mercadorias, de línguas, de culturas e de genes. Construíram-se nações. Moçambique foi tecido do mar para o interior. A linha que costurou o nosso país veio da água, da viagem, do desejo de ser outro. A bandeira que nos cobre é um pano de muitos e variegados fios.

(janeiro de 2001)

O feitiço dentro de nós

Certa vez fui vítima de assalto. Um velho amigo sugeriu-me que consultasse os serviços de uma famosa curandeira no bairro da Polana Caniço. Num instante ela faria surgir o rosto do ladrão na superfície da uma tina de água. Não é que fizesse fé nesse mágico *scanner* sem imagem original. Estava criado o pretexto para dar o gosto à alma e visitar um universo onde perdemos certezas.

No momento seguinte encontrava-me tirando os sapatos à porta da Dona Mariana, em solicitação de poderes. Acreditava no que estava vivendo? Com o tempo, aprendi que por vezes a resposta é errada simplesmente porque a pergunta é incorreta. Não se tratava de saber se era ou não verdade. Certas coisas são verdade numa dada relação, num dado momento.

Nenhum rosto compareceu à tona de água. Mas a curandeira falou de mim, da minha vida passada e presente. Sem incursão no futuro. Nem tudo terá sido verdade. O que foi verdade é que conversámos, ela falando sem preceito, eu escutando sem preconceito.

Dona Mariana deu-me uns pós para espalhar em água de banho. Tomasse banhos enquanto chorava, em audível lamento: «*Ai, o meu televisor! Ai, o meu leitor de vídeo!*» Nunca chorei. Talvez por isso — insuficiência de fé — nunca tenha recuperado os bens roubados. Regressando mais tarde a casa de Dona Mariana continuei trocando fios de prosa que me compensaram a perda dos aparelhos.

Um outro universo: a ignorância do saber

Adivinho, curandeiro, feiticeiro? Os termos podem parecer semelhantes, mas existem diferenças sensíveis entre as três funções. A adivinhação, o herbalismo e a feitiçaria são muitas vezes olhados como fenómenos exóticos, isolados do universo mental e espiritual de que fazem parte.

No meu trabalho como biólogo tenho por hábito visitar respeitáveis propiciadores de chuvas e de lágrimas. Sobre este grupo pesa a responsabilidade da harmonia entre viventes e antepassados. E essa boa relação é a chave para a tranquilidade e bem-estar da comunidade. Os nyangas, ligados à linhagem da família que se toma por «dona da terra», são uma espécie de «fax-modem» estabelecendo a ligação com os espíritos dos antepassados. Guerras, secas, calamidades só são definitiva e devidamente aplacadas se os nyangas ou ngangas intervêm no assunto. A nível das famílias, a feitiçaria atua como um mecanismo que produz conflitos mas também os regulamenta e os anula. A ameaça de feitiço não deixa indiferente mesmo o moçambicano mais doutorado.

Muitas vezes os biólogos como eu são chamados a apoiar os curandeiros na sua luta pelo bom uso e preservação de plantas medicinais. Comerciantes oportunistas invadem os bosques para colher e depredar esses recursos preciosos. A pequena floresta junto da aldeia é a grande farmácia que nenhum projeto estatal é capaz de substituir.

A ciência é atreita a franzir o nariz perante estas vias de conhecimento. Mas mesmo o mais renitente dos racionalistas acaba tomando o miraculoso chá de «cacana» quando atacado de hepatite. O médico moçambicano ainda se sente pouco à-vontade para prescrever essa terapêutica. Mas a medicina vai-se fazendo com os pés em diferentes caminhos. E vamos todos perdendo alguma arrogância que hierarquiza os saberes.

Quando os diferentes sistemas de conhecimento se sentarem a uma mesma mesa e forem capazes de conversar, estaremos nós mais ricos, mais abertos e menos prisioneiros de modelos de pensamento. O discurso da ciência necessita dessa aptidão para o diálogo. Sair dos laboratórios e das salas de conferência para se sentar na esteira de um pátio pobre, como me sentei em casa de Dona Mariana. Sem que seja necessário um projeto ou um *workshop*. Pelo prazer de viajar por outras culturas.

(*abril de 2001*)

Onde os rios desmaiam

O mar e o continente são protagonistas de uma história de namoros, mas também de desencontros. Mar e terra deslocam-se, flutuam e variam numa dança em que ambos são ao mesmo tempo música, corpos, chão e a vertigem que nega esse chão.

A lagoa do Bilene tem origem nesse tempo antigo na escala humana, mas recente do ponto de vista geológico. A praia do Bilene deve muito do seu encanto a essa combinação entre um litoral aberto e de ondas diretas e uma lagoa interior, de dinâmica tranquila e tranquilizante. Esse contraste de mar e lago é uma história de luz e de sombra que remonta há centenas de milhares de anos. É esta história que aqui trazemos.

A atual configuração da linha costeira de Moçambique nem sempre se apresentou assim. Ao longo do tempo, a costa foi sendo desenhada, apagada e redesenhada. Como se os deuses estivessem ainda ensaiando o esboço final desse quadro.

O oceano Índico já repousou a cerca de cem metros acima do nível atual. E já esteve outros cem metros abaixo do presente nível. Isto significa que houve tempos em que os rios na região Sul desaguavam na cadeia de montanhas dos Libombos. Nesses tempos interglaciários poder-se-ia dar um mergulho numa praia na zona da Namaacha e de Goba. Os territórios de Gaza, Maputo e Inhambane estavam submersos e alguns a profundidades consideráveis. Ainda hoje é possível encontrar nas encostas dos Libombos fósseis de animais marinhos que povoaram essas regiões.

O nível do mar desceu e os rios tiveram que reencontrar os seus caminhos até à nova linha costeira, quilómetros mais abaixo. Obedecendo a esse apelo telúrico e inicial, rios e riachos saltaram montes, lavraram terras, empurraram obstáculos para desaguar em águas marinhas.

No Sul de Moçambique as linhas de água não abriram esse novo leito com facilidade. Para alguns deles a tarefa era mais que olímpica. Extensas zonas arenosas criavam um gigantesco atrito e reduziam o caudal e o entusiasmo juvenil desses corpos de água. Cada rio precisava de ser uma viatura todo-o-terreno, sulcando areias, superando pedras e escavando dunas.

À medida que progrediam, os rios iam perdendo força. Daí os seus ondeantes meandros, essa maneira educada e hesitante de avançarem e de parecerem arrependidos. Como se fossem tomando consciência desse suicídio e repensassem as razões de um predestinado fim. Esta é a explicação das preguiçosas e espreguiçadas curvas e contracurvas que ocorrem nos rios Maputo, Incomáti, Limpopo e noutros cursos, sejam perenes ou temporários. Esses meandros denunciam rios sonhadores mas já carregados de tanta viagem que acabaram temperando os sentimentos. Alguns destes rios fatigaram-se tanto que desmaiaram antes de chegar ao seu almejado destino, o imenso e mágico oceano. Uma longa cadeia de dunas de areia desde há muito reveste a costa de Maputo, Gaza, Inhambane e Sul de Sofala. Essas dunas altas foram, muitas vezes, obstáculos que os riachos não foram capazes de vencer. Como esses corredores de maratona que sucumbem frente à meta, esses cursos de água tombaram de joelhos com o mar imenso à vista. É isso que explica a cadeia de lagoas que se localizam junto à costa desde Inhambane até à Ponta do Ouro. Desde as lagoas de Chinguele à lagoa Piti, a mesma épica criadora esteve presente.

Algumas dessas lagoas são sobrevivências deixadas pelo mar quando ele se retirou, pondo a descoberto os atuais territórios do continente. São lagoas salobras ou mesmo salgadas que insistem em sobreviver como lembranças de um tempo em que o Índico reinava, soberano, sobre a região. Outras lagoas são o resultado desse afundamento

dos rios e riachos. Outras ainda são a combinação dessas duas origens. A lagoa do Bilene é um compromisso entre uma e outra história, com ligações periódicas com o mar.
Esta é a génese de um dos mais atrativos locais de visita das zonas litorais do Sul de Moçambique. Os lugares são da natureza, pensamos. E não há mais que pensar. Mas os lugares foram fabricados por histórias. E são fazedores de tantas outras histórias.

(janeiro de 2002)

Carta de Ronaldinho

Uns aprendem a andar. Outros aprendem a cair. Conforme o chão de um é feito para o futuro e o de outro é rabiscado para sobrevivências. Filipão pisava ou era pisado pelo chão? O mundo do velho Filipão já semelhava com o relvado de futebol: ali ele fintava o tempo, esticando para prolongamento a partida com a vida. Restam-me duas saídas, sorria ele, ou perder ou ser vencido. E o dente avulso, já de tão solto, abanava com riso. Ali, no bar da Munhava, o velho não apenas insistia no riso. O que ele mais fazia era retorcer a volta ao destino. No meio do cervejeiral, Filipão vingava-se. A prova era o salto fantástico e o grito que, de quando em quando, se escutava na rua: «*Gooolooo!*»
    O pulo é o desajeito humano de ensaiar um voo. A alegria de Filipão só podia ser medida em asas, tanto de céu eram seus brados. Sozinho, no salão

do decrépito bar, o velho celebrava o golo da sua equipa. As pessoas passavam e, pelo vidro, espreitavam Filipão aos saltos festejando vitórias. Como um peixe dentro do aquário, esperando que a vidraça distraísse a chegada do fim. Quando saltava caía-lhe o aparelho da surdez e ele passava o resto do tempo, de gatas, procurando o salvador instrumento entre as imundícies do chão. Para tão pouco voo, tanto quadrupedar-se pelo chão!

As pessoas sabiam: não havia rádio, não havia televisor. O bar era pobre e, para além do balcão, não sobrava apetrecho. O que havia na parede era um desenho de um ecrã rabiscado a carvão. Filipão desenhara o televisor com detalhe de engenheiro. E ali estavam compostos com perfeição os botões, a antena, os fios. Pobre não festeja por causa da alegria. A alegria é que se instala, sem convite, e faz a festa ter causa.

O reformado chegava manhã cedo, carregava no falso botão e sentava-se na habitual mesa ao fundo da sala. Pedia a habitual cerveja e sorvia o líquido como se bebesse pelos olhos lentos. Bebia todo ele, a alma era uma boca. Estalava a língua no único dente, ruidosamente. Depois rabiscava num velho e seboso papel uns desenhos: as táticas do jogo. Filipão organizava, sentenciava as táticas, arquitetava a força anímica. Que se estava em pleno Mundial, a distração é a morte do guarda-
-redes. Depois, já deitadas as instruções, o velho vinha à porta da taberna e gritava para o exterior: «*Já começou!*»

E adentrava-se para assistir a mais um jogo de futebol que só ele testemunhava na sua imaginação. Até que, um dia, vieram buscá-lo. Eram os filhos que viviam na cidade. O mais velho disse:
— *Venha pai, não queremos que continue sozinho aqui na vila.*
— *Já todos se riem*, pai, confirmava o mais novo.
Filipão ajustou o aparelho auditivo como se não estivesse ouvindo bem. Não iria nem arrastado. Que ali estava seguindo o Campeonato Mundial. Ele, o mister, o senhor sem anéis.
— *Desde quando pai? Desde quando é que esse Mundial se arrasta?*
Os outros fizeram sinal para que não se argumentasse com a realidade. Seria pior. Deixassem-no crer que nesse imaginário televisor desfilavam verdadeiros jogos, capazes de fabricar alegrias. A realidade não é um sonho feito pelos mais ricos?
Um dia, o filho mais novo trouxe uma carta. Era um papel sério, com carimbo e redigido em máquina.
— *O que é isso?*
— *Isso é para o senhor, meu pai.*
— *Não sabe que eu não leio letras?*
O filho ajustou os óculos e leu em voz alta. Era uma convocatória da Federação Nacional de Futebol. Congratulando-o pelo contributo de sua vida e pelos galardões alcançados. Chamavam-no para ir para a capital. Para descansar junto da família.
— *Essa carta é falsa!*

— Como falsa?! Tem carimbo, tem assinatura, tem tudo.
— Veja esta outra carta!
E o pai estendeu o envelope ao filho. Tinha selo do Brasil e estava endereçada a Filipão Timóteo, Bar da Munhava. Assim, sem emenda nem gatafunho. Em baixo, a assinatura bem desenhada: Ronaldinho Gaúcho. O moço foi saindo, sem fôlego para palavra, quando a voz do pai o fez parar:
— *E já agora, meu filho, pode-me trazer, lá da cidade, um pau de giz para desenhar um televisor novinho?*

(*outubro de 2002*)

O doce travo da sura

O *dow* atravessa as águas ondeando sobre um espelho líquido. O barquinho é um narcisista. De ascendência árabe, a embarcação à vela contempla--se com o vagar de um tempo que já não há. A baía é a de Inhambane e tem a vocação de todas as baías: as águas em arrependimento de serem mar, deixando-se embalar no abraço da terra. Esse recato redondo é cruzado por pescadores, mercadores e viajantes que fazem ligação entre Inhambane e Maxixe. Gente que tem ainda o mesmo sentimento do tempo que aquele que marcou a criação do lugar. Um dos lugares mais belos de Moçambique.

Os geólogos — que sabem ler paisagens — olham para a configuração da baía com alguma suspeita. Em momento longínquo, a baía de Inhambane poderá ter sido uma outra coisa. Por exemplo, uma lagoa fechada tal como a lagoa Quissico e a

lagoa Poelela. A lagoa cansou de existir sozinha. E abriu um braço para o Oriente. Hoje os *dows* vão penteando as tranquilas águas da baía, mas sabem que devem obedecer ao intrincado desenho dos canais. Alguns destes vales submarinos são fundos e atingem mais de vinte metros de profundidade.
 Coqueiros e mangais contornam a linha costeira. É como que uma moldura pintada a verde sobre azul. O limite meridional da baía é formado por uma grande península sustentada por dunas que ondeiam como um gigantesco *dow*, em imitação do mar. As dunas que sobem alto (como a de Condjane com sessenta metros de altura) são entremeadas por baixios onde frequentemente se acumulam águas pluviais. Sobre estas dunas sobrevivem ainda florestas dunares, algumas delas tidas como territórios sagrados onde repousam os velhos fundadores do lugar. As lagoas das zonas baixas convocam uma multidão de pássaros, entre os quais o célebre «cabeça de martelo» sobre o qual reinam lendas de ligação à feitiçaria. Nas árvores próximas pode-se encontrar o não menos célebre ninho deste pássaro. Infeliz daquele que, mesmo inadvertidamente, destruir um destes desajeitados e enormes ninhos. A punição é a loucura definitiva.
 A baía de Inhambane dá guarida a golfinhos, baleias e tartarugas gigantes. O mamífero raro e em vias de extinção, o dugongo, ocorre na enseada de Linga-Linga. Acredita-se que aqui ainda sobrevive uma das maiores populações deste mamífero em toda a costa moçambicana. Há ainda mamí-

feros terrestres como o furtivo e raro manguço de água (*vungué*, na língua local). Ocorrem ainda esses pequenos gálagos (*bwanga*) e macacos de cara preta (*nzoko*). Um extenso mangal margina grande parte da baía. A floresta pantanosa é atravessada por canais profundos que são usados para a pesca. Um dos estabelecimentos turísticos teve a feliz ideia de construir uma passadeira que se estende pelo mangal adentro. Os turistas que se aventuram por este simpático caminho descobrem a inigualável beleza deste ecossistema. Durante a maré baixa milhões de pequenos caranguejos atapetam o chão, criando a ideia de que a areia entrou em efervescência.

Um mundo de tranças

Mas o melhor da baía de Inhambane são as pessoas, a sua inesgotável hospitalidade e a sua infinita vontade de trocar tempo e alma. Uma das muitas vezes em que, como biólogo, trabalhei naquela região fiz amizade com alguém que muito me marcou. Foi um velho pescador que me apontou um lugar onde chegavam flamingos e acabou, sem o saber, sugerindo-me um título para um romance meu. Encontrei Afonso Nhalane num desses canais dos mangais que são inundados com as marés. Ele tinha acabado de conferir as gamboas, essas armadilhas para captura do peixe. Abanou a cabeça: o peixe que apanhara só dava para uma refeição. Não mais do que isso. Com passo arrastado, como se ele próprio tivesse sido capturado numa invisível armadilha, o homem subiu a duna para se sentar à sombra de uma palmeira.

O destino de Nhalane está ligado às palmeirinhas. Logo pelo nome: Nhala é o nome de uma das palmeiras de onde se extrai sura. Afonso Nhalane lembra-se de que, nos antigamentes, havia mais peixe, mais flamingos. Nostalgia da adolescência, esse tempo em que, segundo ele, havia mais tudo? Mas o pescador insiste: a pesca com gamboas, venda de sura (o célebre vinho de palmeira), o comércio de cocos, tudo isso era bastante. Agora, a vida é como a baía pedindo sempre mais e mais riachos. Mas ele não se queixa, resignado a vender umas galinhas que vai criando no seu amplo quintal. Agora o que sou, pergunta, um pescador de galinhas? É isso que sou, repete, um pescador de galinhas.

Convida-me para beber um copo de sura em sua casa. A venda dessa bebida já foi parte importante do orçamento da família. Agora a bebida destina-se apenas a abençoar visitantes como eu. No caminho, atravessamos o seu terreno. Ele conhece os seus coqueiros um a um. Quase o vejo cumprimentando-os, chamando cada um pelo seu nome.

Depois, já com o copo de sura a meio, deixamo--nos a apanhar a brisa que, à tarde, sopra do mar. Estamos encostados a uma paliçada feita de folhas entrançadas de coqueiro. O pescador nota que me fascina a delicadeza do rendilhado da paliçada. É ele que proclama:

— *Não há outro lado onde se façam estas tranças. Só aqui em Inhambane.*

A palavra enche-me como a brisa: «as tranças». É isso que eu e o pescador estamos fazendo com o tempo: entrelaçando as horas, entre conversa e o pretexto de mais um copo. Na despedida, cruzo-me com moças que se agrupam para, à vez, entrançarem os seus cabelos. E afasto-me de encontro ao Sol que, mais ao fundo, vai fazendo tranças ao entardecer.

(outubro de 2003)

Terras de água e de chuva

Um dos meus irmãos, quando menino e em estado de birra, ameaçava:
— *Vou fugir para Inhaminga.*
O que ele queria dizer era que ia para além do mundo, para onde já não havia estrada nem distância. Ele ultrapassava o limite do regressável e, assim, o nosso amor por ele era posto à prova. Jogo sem risco: o amor era maior que toda a distância.
Inhaminga situava-se numa inatingível bruma, era o lugar mais longínquo que nós, nascidos e vividos na Beira, podíamos imaginar. Nessa altura, o distrito de Inhaminga, na província de Sofala, era realmente distante. Não apenas pelo tempo que consumíamos para lá chegar, mas pelos cenários de diferença, pelos mundos extraordinários que se desenhavam à nossa passagem. Ali estavam, ainda pujantes, as florestas de miombo atravessadas por mil riachos que engordavam ao

mais pequeno chuvisco. Ali deambulavam leões, búfalos, leopardos, habitantes de um universo mistificado. Ali se dizia que, para sobreviver, era necessário comer cobras e matar bichos bravios e ferozes. Quarenta anos depois, regresso a esse percurso de encantamento. A primeira impressão quando fazemos essas incursões no passado é sempre de que o mundo ficou mais pequeno. Aquilo que eu retinha como grandes estradas de areia sempre foram, afinal, estreitas picadas. Os olhos de menino agigantam o mundo. Saio a perder do segundo confronto: a floresta foi empurrada da paisagem. Restam manchas em regiões de acesso mais difícil. Não podia ser de outro modo: afinal, as tais picadas que cruzam a savana foram abertas por madeireiros e donos de serrações. Foram eles que, há mais de cinquenta anos, desenharam caminhos para os camiões. Com os madeireiros vieram os caçadores. E os agricultores expandiram a sua presença, obrigando a árvore a uma retirada quase irreversível.

 A noroeste, o famoso Parque da Gorongosa é ainda um refúgio para essa cobertura de verde e de mistério.

 O meu coração avançava, assim, com algum constrangimento. A estrada entre o Dondo e Inhaminga é, no tempo seco, de fácil circulação. A minha viatura, contudo, parava ao mais pequeno pretexto. As barracas ao lado do caminho, as aldeias camponesas, os centros de carvoeiros, os cruzamentos com a reconstruída linha ferroviária de Sena, tudo isso era motivo para me fazer saltar do carro e falar com a gente da região. Recordava-me, ao início ainda vagamente, do chissena, a língua local. Mas quase todos falavam português. Como estes pescadores que usam um arpão pontiagudo para pentear o fundo lamacento das lagoas secas. É lá que está um saboroso peixe que, em tempo seco, espera, enterrado, pela chegada das chuvas. Mais além, as cegonhas de bico de lacre rivalizam com os pescadores. A sua técnica é, afinal, semelhante: flechar, com a força da surpresa, o distraído peixe.

Vou conduzindo entre centenas de bicicletas carregadas de sacos de carvão e mulheres carregando à cabeça armadilhas de pesca. A zona é muito pobre, talvez das mais pobres de Sofala. O peixe, o carvão e as bebidas artesanais são os negócios que permitem uma escassa sobrevivência. Existe, porém, uma jovialidade no trato como se todo o futuro do mundo estivesse disponível e a esperança estivesse à mão de semear. Esqueço-me da sensação inicial de que algo se perdeu entre memória e presente.

Evaristo Faife é o régulo da região. É ele que me reabre portas para um mundo que não necessita de mistificação. Junto dele estão os camponeses Sindique e Valicho. Passaram pelas guerras diversas e não querem sequer recordar esse tempo crispado. Os homens aceitam conduzir-me e apoiar-me no meu trabalho de levantamento da fauna que sobrevive junto às margens do rio Sangussi.

No dia seguinte, deparo com um grupo de turistas que se deslocaram da África do Sul para fazer observação de pássaros. Apresentam-se na qualidade de *birdwatchers* como se se reclamassem de uma rara e orgulhosa etnia. Ali estão, alojados em tendas, com pouco conforto mas com total harmonia com as gentes e o lugar. Procuram pássaros raros e aves endémicas como o abutre-das-palmeiras, a codorniz-azul e o oriolo-de-cabeça-verde. Não é uma surpresa tão grande encontrar este grupo. A região a norte do Dondo é, na realidade, um importante centro de atração internacional dos tais *birdwatchers*. A avifauna ali presente é famosa pela sua raridade e pelo seu grau de endemismo. Convidam-me para jantar, partilho com eles uns enlatados acompanhando um arroz do tipo «juntos venceremos». Estão felizes porque, nessa tarde, observaram grupos de grous carunculados, uma ave protegida que apenas ocorre naquelas pradarias inundáveis, os chamados «tandos».

Adormecemos sob o doce mas monótono coaxar das rãs. Os musicais batráquios lembravam-nos que o lugar em volta era uma disputa de água e terra. Entre os grandes rios do Savane e do Sangussi, ocorrem dezenas de pequenos cursos de água que fluem dos tandos em direção ao mar. Não longe, outros turistas tiram partido da praia do Savane, a norte da cidade da Beira.

À noite, conto ao régulo a história do meu irmão, usando Inhaminga como chantagem emocional. O homem ri-se. Depois, uma certa

melancolia invade o seu rosto magro. Então, Evaristo Faife diz:
— *Seu irmão tinha razão: isto aqui é mais longe que o estrangeiro.*
— *Não é verdade. Então não estamos aqui, juntos?*
— *Sim, mas quanto tempo demorou para que o senhor voltasse aqui?*
Permaneço calado. Perto, um noitibó canta. Não quero responder sobre o tempo que demorou entre uma e outra visita. Naquele sossego, a única coisa que apetece é fazer demorar o tempo.

(julho de 2004)

O Zambeze desaguando na Amazónia

O homem abriu os braços, num abraço desmedido e cego, e proclamou aos gritos:
— *Eu te amo, cidade maravilhosa!*
E ficou assim, de braços em Cristo, desafiando a enorme estátua do Redentor. Era uma declaração de paixão ao lugar, feita às claras, por um seu morador.
A cidade do Rio de Janeiro merece aquela calorosa paixão. Bastaria que tivesse os morros para ser linda. Mas o Rio tem os morros e a lagoa. Toda a cidade bela usa um espelho que é feito de água. Basta que haja um lago para que a cidade possa envaidecer. Mas o Rio não tem apenas a lagoa. Tem o mar, um mar que se bordou em praias e areias brancas.
Dessa paixão também eu partilho. O avião ainda vinha descendo e dentro de mim ecoava já a voz de Gil: «*O Rio de Janeiro continua lindo.*»
Há cidades de onde não nos apetece sair. O Rio de Janeiro é uma cidade para não se estar

dentro, na clausura do quarto. Somos impelidos a sair, mesmo que não haja um destino. Porque o verdadeiro destino são as pessoas. O meu destino, a minha viagem, é essa língua que é nossa mas que ali ganha uma nova sensualidade. O Brasil fez o idioma despir-se, assumir trejeitos de dançarina. Bebo esse sabor como se a palavra nascesse em mim pela primeira vez. Eis a minha língua rematerna.

O meu hotel dá para a praia e da janela vejo estender-se o Leblon. Não sei se há mais banhistas que vendedores. A todo o momento somos convocados por pregões, pelas cores e até pelos cheiros. Vende-se de tudo. Há sandálias, camarão, lagosta, *t-shirts* (aqui diz-se *camisetes*), panos, castanha de caju, queijo assado na brasa, frutas, rádios de pilhas. A praia é um enorme shopping center.

Vou-me entretendo naquela corrente de gente passando. Não me interessa o que se vende mas a própria arte de vender. Em Moçambique os vendedores de rua valem-se da persistência. O cidadão acaba virando cliente por rendição. Nas praias do Brasil a tática é quase oposta. O vendedor vence-nos por distração. Basta demorar um olhar, uma atenção ainda que breve e fugaz. É então que o vendedor usa a arma predileta: a sedução pela linguagem, pelo gracejar e pela eloquência verbal.

— *Uma aguinha de coquinho geladinha! Até refresca a alminha.*

Os diminutivos são o retrato oposto do que me está sucedendo. Já ingeri uns tantos litros, já bebi um coqueiro inteiro. E vou marchando pelo Calçadão, que é uma passadeira de gente de todas as idades, sexos, raças. Por ali desfila o Brasil na sua infinita diversidade. Por ali passa um povo que assumiu a rua como parte da sua própria casa.

Essa extensão do espaço íntimo para o lugar público é mais visível nas cidades sertanejas do interior. Foi o que vi no Ceará, nas pequenas urbes de Juazeiro, Castro, Nova Olinda e Assaré. Ao fim da tarde, as pessoas retiram as cadeiras de casa e colocam-nas no passeio onde conversam, jogam damas e cantam ao desafio. A rua é um lugar de trocas, num mundo em que as portas do individualismo ainda não se fecharam. O Rio de Janeiro já é mais urbanizado e a lógica do espaço já é mais hierarquizada. Contudo, mesmo na grande cidade, a rua ainda é a celebração do ser-se brasileiro. É isso que vejo desfilando entre Leblon, Ipanema e Copacabana.

Dizem-me que Copacabana se está degradando. Mas há uma magia que resiste, algo que está para além desses sinais de eventual degradação. As casas imensas poderiam não ter sido erguidas ali, naquele amuralhado de cimento frente ao mar. Casas bem mais pequenas e antigas deram o nome aos habitantes do rio: cariocas era o nome que os índios davam às casas dos brancos. As palavras na minha cabeça misturam-se. E pergunto-me: como seria se tivessem sobrevivido as línguas indígenas daquela América? Não sobreviveram as línguas mas as palavras infiltraram-se noutros corpos linguísticos e foram ganhas de empréstimo.

No dia anterior, por exemplo, eu tinha sido vítima do sentido múltiplo de uma palavra. Eu falava das maravilhas da Ilha da Inhaca quando reparei numa certa estranheza por parte de quem me escutava. Só depois entendi: *inhaca* no Brasil é algo nojento, malcheiroso. Como se pode dar tal nome a uma ilha paradisíaca? Mas o mal-entendido talvez esconda uma outra viagem. A viagem de um vocábulo africano para o idioma português do Brasil. Em línguas do Sul de Moçambique inhaca é um solo lodoso que, por vezes, cheira mal.

O casamento linguístico entre os nossos países não foi apenas de um único namoro. Resultou de um namoro a diversas mãos. As línguas bantu já haviam emigrado para o português de Portugal. Depois, os escravos levaram as suas línguas africanas e recriaram toda uma cultura e um modo de falar o português. Esse é talvez o maior encanto: visitando um outro país estamos reencontrando um lado nosso interior, uma outra margem da nossa alma.

Dias depois, em Salvador da Baía, eu degusto sabores zambezianos, e, em Minas Gerais, assisto a danças chamadas de Moçambiques. Nas Escolas de Samba vejo moçambicanas marrabentando, em Craveirinha eu leio Carlos Drummond de Andrade. E no meu sonho o Zambeze vai desaguando na Amazónia.

(outubro de 2004)

As águas da terra

Dos lugares da terra prefiro os que são feitos de água. Como se a água desobedecesse ao retrato, como se o contorno fluido desses lugares os fizesse mais a jeito de serem lembrados. Afinal, toda a lembrança é líquida, uma mentira consentida. Estas são dez pinceladas, feitas de tempo e de vida. E de águas da minha terra.

Manica

São três da manhã. Acordo com o sobressalto de um violento sismo. Mas não é a terra que estremece, ao mando de magmáticos caprichos. É o comboio que entra na estação de Manica e sacode a madrugada. O apito da locomotiva é um grito angustiado, já cansado. Está chegando da Beira, depois de ter atravessado a cintura mais delicada deste corpo que é Moçambique. Tenho 16 anos, a idade não pesa, o tempo é uma asa e a vida é infinita. Nem sequer me dói dormir num banco da estação. E acho até graça ser acordado com a brusquidão de um falso tremor de terra. Tudo se resolve no desenhar de um riso.

Todos os anos cumpro a mesma peregrinação. Mochila às costas, vou acampar nas montanhas do Vumba. Nesse tempo, no tempo da minha adolescência, não havia medo. Montávamos a tenda, num terreno baldio, sem perguntar sobre perigos. De uma coisa tínhamos a certeza: horas depois de nos instalarmos, um balde de água quente seria depositado junto ao nosso acampamento. Nunca soubemos quem nos oferecia tal simpatia. Anos a fio, essa generosa hospitalidade se cumpriu. Ainda hoje, essa água me lava a alma.

Tete

As margens de um rio são a terra inteira. Todo o rio divide o planeta ao meio. O rio Zambeze divide ainda mais: rasga o universo. Estou na margem de Caia olhando a corrente como se me aguasse a alma. Não tarda a construírem a ponte. Dentro em pouco, a outra margem estará do lado de cá.

Restam os pilares de uma ponte que estava projectada, mas que nunca foi erguida. Parecem dedos de um gigante de pedra sepultado no leito do rio. Apontam os céus em silenciosa pose de estátua.

O batelão vai passando como um enorme peixe de ferro. Está carregado de gente, de mercadorias, de sonhos. Mas não são apenas pessoas e coisas. É Moçambique que cruza o rio, de margem para margem. É o Sul costurando-se com o Norte. O batelão é um alfaiate alinhavando as margens da Nação.

Sofala

Quem visita hoje a Praia Nova não acredita que, há trinta anos, ali circularam canoas e pescadores. Era menino e naquelas águas andei remando, deambulando por riachos cercados de árvores altas de mangal branco. Eu era pequeno, o mundo era grande. As marés eram o nosso relógio. Erguiam-se com tal convicção que o mar parecia ter apetites de devorar a cidade.

Visito hoje a mesma praia, no litoral da Beira, e interrogo-me se foi mesmo ali que me inventei ser marinheiro. Porque hoje se instalou ali um mercado informal e não há vestígio dos cenários das minhas aventuras.

A canoa afundou-se no tempo, as árvores evaporaram-se e onde havia um espaço a perder de vista, hoje tudo é pequeno, cobertura de ruas, barracas e um formigueiro de gente. Não me ocorre nostalgia. Os lugares nascem e renascem. Não existe morte, não há razão para haver luto. Como se emergisse desse outro tempo, uma garça branca levanta voo e cruza a minha lembrança.

Cabo Delgado

Vamos às quedas do Lúrio. Avisaram-me que, na época chuvosa, arriscaria nunca chegar. No caminho, enquanto o carro vai galgando os buracos da estrada, vou congeminando: um rio cai? Sim, o rio tem o seu passo certo, vai seguindo a pegada cúmplice sobre o leito. Mas o rio pode tropeçar no nada e tombar desamparado, em percalço de bêbado. Esse é o prazer de capturar um rio em flagrante descuido. Confesso, nunca cheguei às cascatas do Lúrio. Ficámos atolados, das duas vezes, no meio do caminho. O rio Lúrio deve-me esse encontro. Enquanto isso, sempre que me perguntam sobre as famosas quedas, respondo: «*Estive quase lá, quase.*»

Há certos rios que acontecem em desencontrados turnos com as chuvas. Quer-se chuva, fica-se sem rio. Quer-se estrada, dispensa-se a chuva.

Niassa

— *Vê do outro lado?*
— *Do outro lado?*
— *Sim, do outro lado é o Malawi.*
— *Mas, para mim, o outro lado é ainda água.*

Um lago quer-se do tamanho de um olhar, uma mancha redonda e azul num mapa. Este lago superou as margens, saltou de dimensão. É um mar. As ondas batendo-me nas pernas confirmam esse engano. Eu sempre quis ter um mar pequeno, um mar portátil, de trazer pelos sonhos. Não será ainda este. Adormeço em Metangula e ao longe escuto o bater das ondas no areal. A casa torna-se um barco. Assim, até o sonho nos adormece.

Gaza

Um ninho feito de água? As lagoas junto ao rio Incomáti, um pouco a norte de Manhiça, são um paraíso para os amantes de pássaros. As lagoas de Chuali e Pambene são um berçário coletivo, um viveiro de aves de renome internacional. Patos, cegonhas, garças, íbis e tantos outros vêm aqui dar à luz. E é onde estou, nas águas do Chuali, de pé sobre um bote de fundo chato, em arriscado desequilíbrio. Sobre mim, ao meu lado, sucede um desfilar de voos, súbitos acenos de lenços colorindo os céus.

O meu companheiro de trabalho está meio enterrado na lama e vai zelosamente anotando pássaro por pássaro, nomes em latim. O seu caderninho de ornitólogo está todo manchado de lodo. Eu desisti de apontar. Desisti de fotografar. Desisti-me. Pouso a minha profissão, junto do caderno. Já não sou biólogo. Sou um visitador de plumas, sou a simples presa de voláteis encantamentos. E já não são as aves que me fascinam mas o simples esboçar de um voo. O pássaro é tanto mais belo quanto menos pode ser nosso.

Inhambane

Quissico. A paisagem, de tão bela, chega a doer. Mora ali um espírito mais eficiente que o polícia de trânsito. E obriga-me a parar o carro, sair da viatura e contemplar o lugar. Aquela paisagem resulta de uma desobediência: ali devia ser mar. E só mar. Mas, do outro lado da lagoa, ergue-se, inesperadamente, uma montanha. Parece uma estátua de sombra, um percalço geográfico. Da água da lagoa se diz ter sete cores. Para mim, porém, a lagoa é feita de outro material: de luz.
— *Vê, agora? Vê como escurece?*
— *O arco-íris anoitece. O barco-íris se afunda.*

Nampula

Esta é a minha praia predileta em todo Moçambique. Ncrusse é um lugar ilegível. Não sei ler, não sei soletrar aquela paisagem.

De Nacala, o jipe conduz-me entre machambas e casas abandonadas por atalhos cobertos de capim. O fotógrafo europeu não acredita que, depois de tanta terra desaproveitada, surja tão propalado lugar. Eu já lhe tinha falado da maravilhosa praia, suas areias brancas, palmeiras e águas de azul sem nome.

Quando chegámos, ele pareceu tomado por uma estranha embriaguez. Foi andando pelo areal, de cega brancura, até se tornar invisível. Eu deixei-me ficar, sentado. Em breve, não foi apenas o fotógrafo que se extinguiu. O mundo todo se tornou invisível. Eu habitava não um lugar mas uma espécie de ausência de alma. Como dizia Hassane, o velho macua que nos acompanhava:

— *O senhor está assim só sentado, não é?*

Hassane estava certo. Na realidade, eu deixara de ter intenção. Não estava em Ncrusse. Eu era Ncrusse.

Maputo

Maputo tem uma dívida permanente com o rio Umbeluzi. A cidade bebe das suas águas. Subo de canoa, contra a corrente, e vou parando nas margens lodosas. Ali, em pleno estuário, o Umbeluzi é rio ou é mar? As águas são salobras, as marés comandam, a vegetação nas margens são típicos mangais. Estamos mais em ambiente marinho que fluvial.

Vejo, então, o pequeno pastor trazendo os bois que se apressam para a margem. Parecem conhecer o provérbio local que diz: «O boi que chega primeiro é o que bebe água mais limpa.» O menino senta-se sob uma sombra mais pequena que ele. De uma sacola encardida retira uma xigovia. Sopra na pequena cabaça e faz soar a improvisada flauta. A melodia, confesso, era monocórdica.

Para mim, naquele momento, soava como uma sinfonia. E acenei, da canoa. Não me respondeu. Não me percebeu o gesto. Entendeu, sim, que eu lhe pedia a cabaça. Ainda hesitou, por um momento. Mas, de súbito, fez lançar pelo ar a xigovia. Com algum esforço, juntei ambas as mãos e apanhei o fruto da nsala. Ainda hoje guardo a xigovia desse menino que não terá nome mas que, para mim, tem a história de um encontro.

Zambézia

O nome desta terra nasceu da água. A Zambézia foi buscar o nome ao rio. No século XVI, nem a província nem o rio tinham os actuais nomes. A Zambézia não era, então, um destino mas um caminho. Era uma via de entrada para se chegar às terras do ouro, ao Monomotapa. O interior da Zambézia já ganhava batismo fluvial: chamavam-lhe terras dos Rios de Cuama, terras dos Rios de Sena.

O Zambeze é uma faca azul cortando a nação ao meio. O grande rio é uma fronteira, um ponto cardeal: acima dele, o Norte. Mas os rios não separam. Antes, costuram, verdadeiros alfaiates da Terra. Mesmo que estes costureiros por vezes se embriaguem e tropecem nas próprias margens, em vastas inundações.

(*abril de 2005*)

Uma terra chamada galinha

O consultor ajeitou os ombros a mostrar o seu desconforto. Sabia português suficientemente para lhe causar estranheza. Uma terra chamada Galinha? E como se chamam os naturais? Galinheiros? Galinhenses?
Mas não era apenas o nome da terra que o incomodava. Havia algum desconforto em tudo. Primeiro, o percurso de avião da capital até à Beira. Chegados ao destino, o homem respirou fundo, surpreso pelo tratamento e pelos serviços. Depois, veio a aflição do estado dos automóveis de aluguer. Quis ser ele a conduzir, o que me deixou, dessa vez, a mim, incomodado. Gosto de conduzir, mais ainda fora das cidades. Ele percebeu e passou-me o volante. Na primeira parte do percurso, uma vez mais, ele foi cedendo, relaxado. Era melhor do que pensava. Não precisei de lhe adivinhar o pensamento. Ele mesmo exclamou:

— *Estou impressionado, é bem melhor do que eu pensava!*
Viajávamos para Galinha, uma pequena localidade a noroeste da minha cidade natal, a Beira. Para mim, era uma reincidência. Os meus trabalhos obrigavam-me a revisitar aquela região, no centro do país. Mas para o estrangeiro, tratava-se de uma estreia absoluta. Ele conhecia outras Áfricas. Não esta, a nossa.
Desde que chegara, o consultor ia abandonando a tentação de generalizar. Nos primeiros dias ele falava em África como se de uma entidade única e fácil se tratasse. Eu conheço África, repetia com insistência. «*Qual África?*», perguntei-lhe. Franziu o sobrolho, suspeitando da intenção da pergunta. Passou-se o tempo e o consultor foi ficando desarmado. Este era um lugar que ele, afinal, desconhecia. Mais do que a geografia e a paisagem, eram as pessoas que o deixavam surpreendido. Recebiam-no bem, escutavam com simpatia, tinham tempo, gentileza e paciência. Aconteceu com ele o que sucede ao açúcar no chá: o consultor foi-se dissolvendo. Perdeu medos, barreiras, preconceitos. Começava nele a verdadeira e única viagem: a que se faz por dentro das pessoas.
Ao desembarcar na Beira, o enamoramento agravou-se. Máquina fotográfica em punho, o homem aventurava-se por bairros e recantos.
A meu ver, ele começava a arriscar-se e não tardaria que a paixão se convertesse em susto. Um anjo o protegia e, à noite, no *hall* do hotel, ele

relatava-me os lugares percorridos. Alguns não muito aconselhados para um estrangeiro exibindo uma máquina fotográfica. Quando o alertei, ele encolheu os ombros sacudindo a máquina como se de uma caixa de tesouros se tratasse e disse:

— *Quando eu chegar ao meu país eles vão ficar admirados!*

Nessa caixa mágica o visitante guardaria depois imagens do Parque da Gorongosa. Coroa de louros, para ele. Mesmo não tendo visto muitos bichos, o que vimos bastou-lhe. Em pleno tando do Urema espraiou a vista como se ocupasse o centro do Planeta. Aquele era uma espécie de umbigo do mundo e, pela primeira vez, o meu companheiro de viagem, cientista de renome, escorregou numa metáfora:

— *É pena, não consigo fotografar tudo.*

O mais importante nunca se pode fotografar, poderia eu ter dito. O que fica para sempre, o que nos revolve a alma é o que não pode ser capturado pela moldura. E lá veio a metáfora: «*Este silêncio tão vasto, como o posso fotografar?*»

Aquela impotência perante o excesso de beleza não o inibiu de disparar repetidamente a máquina. Ele fotografava e corria em minha direção a mostrar a imagem no visor. Parecia uma criança apressada a exibir as conchinhas que recolhia na margem da praia.

Agora, no solavanquear das picadas de Sofala, quase a chegarmos a Galinha, o cientista aperta a máquina de fotografias contra o peito. Há qualquer

coisa congeminando dentro dele. Passado um tempo, ele se confessa. Queria levar para o seu país essa imagem de glória que os europeus colecionam quando cruzam aventuras. Era uma fraqueza, aceitava. Mas eu que entendesse e descontasse o que ele iria dizer a seguir. É que ele, já na Europa, diria aos amigos que esteve numa localidade chamada «Búfalo». Ou quem sabe «Elefante». Mas «Galinha», não. Tudo menos Galinha. Que a ave doméstica lhe desprestigiaria o exótico relatório de viagens. E ali mesmo, junto ao rio Sangussi, me fiz cúmplice do rebatizar de terras.
— *E se for galinha-do-mato?*
— *Aceito, é bonito.*
Galinha, estou certo, não se irá ofender. Somos todos de algum mato.

(outubro de 2007)

O dedo sobre uma província

«*Uma cabeça de boi! É uma cabeça de boi!*»
Pé fundo no travão, uma nuvem de poeira se espalhou, tornando o sol quase asmático. Parei o carro, pensando em sobrenatural emboscada. Algures na estrada, uma cabeça avulsa de bovino preparava-se para nos atacar. Inverosímil, mas a conversa do meu companheiro de viagem não tinha, desde há horas, outro motivo senão os espíritos e suas assombrações.

Durante quilómetros de calor e poeira, viajei por entre espíritos de famílias, os mudzimo, pelo espírito de leão, o mhondoro, pelo espírito do leopardo, o xawe la nguluve, que protegem as machambas. A conversa afeiçoava-se ao rodar monótono do motor. É verdade que os meus próprios assuntos vogavam muito longe da realidade. Saíramos de Chitima a caminho de Chintholo, à procura de sinais da mística personagem de

D. Gonçalo da Silveira. Buscámos em vão os rios onde ele deambulou e acabou morrendo misteriosamente. Parte desses lugares só existem hoje em estado de memória ou de ficção. Foram, quase todos, devorados por essa gigantesca boca chamada albufeira de Cabora Bassa. Um deles é o rio Mussenguezi, onde o famoso mártir católico foi lançado para nunca mais aparecer. Nesse romantizado lugar, o espírito de Silveira misturava-se com as águias para proteger a terra. Talvez essas águias circulassem lá por cima e eu, simplesmente, as não pudesse ver.

Naquela fase do percurso quase me arrependera da viagem. Mas eu estava terminando o meu romance *O Outro Pé da Sereia* e necessitava de alguns cheiros de realidade. Necessitava daquilo que os ingleses chamam o «espírito do lugar». Acontece que, agora, o lugar estava a abarrotar de espíritos.

Ao volante do todo-o-terreno eu quase me sentia um espírito, não fossem as dores na coluna que me convocavam para regressar ao pobre e transpirado corpo.

«*Uma cabeça!*»

O repetido grito do meu guia tinha a pujança de uma inesperada descoberta. Por isso, esperei que a poeira assentasse e espreitei entre embondeiros, njenjemas, mitsanhas e massaniqueiras. De mim para mim, repetia: «*Uma cabeça de boi?*» Sabe-se lá que mistérios viajam em contramão, numa solitária estrada de areia no meio de Changara? Diz-se que os bichos e suas desconjuntadas partes podem voar em concorrência com as linhas mais aéreas de Moçambique. Confirmasse a cabeça de boi e estaria provado esse ilegal trânsito aéreo, esse «*las hay, hay*» das bruxas tetenses.

A nuvem de pó demorou a sedimentar. Quando a claridade regressou, a minha voz fez-se ouvir:
— *Uma cabeça de boi, onde?*
— *Aqui*, disse ele.

O dedo indicador apontava para o seu próprio colo. «*O calor entornou-lhe o juízo*», pensei. Demasiada terra nos pulmões, a cabeça já areada, a barriga demasiado vazia, tudo isso estaria desvairando o homem. Desde a cidade de Tete que vínhamos engolindo poeiras, poeiras de variadas cores, mas todas com o mesmo sabor a terra. A roupa, o assento, as coisas estavam cobertas desse viajado pó.

O meu improvisado guia sacudiu o regaço e vislumbrei, sobre o seu colo, um mapa estendido. O dedo voltou, agora em pose triunfal, a apontar o mapa de Moçambique.
— *Veja aqui!*

Estava pousado sobre a província de Tete, para a extensão de terra penetrando no interior como um soco no ventre do Ocidente.

A cabeça de boi é essa destacada mancha, pendurada no pescoço do vale do Zambeze. A mais ocidental das regiões de Moçambique é um capricho das formas que as fronteiras coloniais foram assumindo?

Resultado da história, de uma história que encontrou no vale do Zambeze a mais antiga e duradoura incursão europeia em territórios orientais de África.

Se houve interior na história colonial em Moçambique, esse interior foi Tete. Só aqui, em Tete, os portugueses tinham fortes, feitorias, igrejas a empurrar os limites: argumento suficiente para, na lógica colonial, provar presença. Daí aquele arremesso de território pendendo como uma cabeça para Oeste.

— Está certo, meu amigo. É uma cabeça.

Espreitei o chão da viatura. Restavam apenas duas garrafas. Contive-me. Beberia quando a cidade estivesse, de novo, espreitando. E lembrei-me dos preparativos, à saída de Tete. E os carregamentos de água, água, água. E sorri. Na verdade, os lugares só são nossos quando cabem num nome. Quando os reduzimos a palavras, simples como coisas que se arrumam na algibeira. Ao fim de um tempo, porém, o nome acaba substituindo o próprio lugar. Na minha algibeira de palavras, «Tete» não é uma palavra que rime com sombra. Por isso, à saída da cidade eu sou todo ouvidos para o guia que vai repetindo: «*Leve água, meu senhor, faz um calor dos infernos.*»

Os lugares pedem adjetivos. Só adjetivados eles saem por aí a passear, fora do nosso controlo. O adjetivo com que se vestiu Tete é «seco». Não importa que isso seja apenas metade da verdade. Não importa que haja Angónia, que haja o verde teimoso das zonas altas a norte. Tete, diz-se, é seco.

— *Você há pouco assustou-se, quando eu falei de cabeça de boi?*

O guia ri-se enquanto eu saio do carro para respirar. Respirar por todo o corpo, sobretudo das pernas. De súbito, à minha frente, eu vi o embondeiro. Vi-o como se fosse a primeira vez. A árvore, de tão enormemente grávida, parecia olhar-me a mim. Aproximei-me com o respeito de quem se achega a um monumento antigo. Havia uma espécie de missão sagrada: a árvore estava ali para que nós, homens, não tivéssemos medo do Tempo. O meu companheiro, atrás de mim, já vai enumerando atributos e espíritos.

— *Essa árvore é uma casa de almas*, diz ele.

E prossegue exaltando a folha, a casa, o reservatório, o tudo que há naquela árvore.

— *E há o malambe, o fruto...*

Pedi que ficasse, por um momento, sem falar. Eu tinha cumprido o meu vaticínio das distâncias, essa viciante ilusão de descobrir o oceano na ondulante savana. Tínhamos atravessado paisagens de enorme beleza, savanas semeadas de cabeços, outeiros, montes e, sobretudo, centenas de majestosos embondeiros. Mas aquela exata árvore, na berma da picada, me surgia como se fosse a árvore que inaugurava o mundo.

Aproximei-me. A minha mão roçou a pele do embondeiro e eu senti que tocava um mapa. O mais velho mapa daquele lugar. Ali, entre

rugosidades e sinais, eu fiquei sabendo do sol, do tempo e da água. E, por certo, de espíritos. O meu companheiro de viagem voltou a falar:
— *Está cheio de água, milhões de litros.*
Milhões, disse ele. Exagero seria, mas, subitamente, senti que tinha razão. E eu vi rios fluindo por aquele imenso tronco. No silêncio do tronco escutei cascatas e remoinhos, águas zambezeando pelo oco da árvore. Invisíveis torrentes estavam guardadas naqueles troncos e ramos, verticais oásis ocultos para os nossos tão urbanos olhos.
— *Um rio, disse eu.*
— *Um rio, onde?*
— *Aqui, de pé, neste embondeiro. E por aí, por essas árvores, em todo o lado*, respondi.
Bato com a porta do carro, pronto para o regresso, quando lhe atiro a pergunta:
— *Assustou-se, caro amigo?*

(*janeiro de 2008*)

Pinturas de areia e vento

As ilhas são como pessoas: querem existir por si mesmas mas receiam a lonjura. As ilhas de Bazaruto existem em família, numa constelação que as credencia como arquipélago, mas que sugere uma desculpável falsidade: apenas há pouco tempo elas se converteram em ilhas. Não nasceram assim, rodeadas de mar. Antes foram parte de uma península, a chamada península de São Sebastião. Tudo isto aconteceu «recentemente», na escala geológica do tempo.

A cadeia de dunas da qual a península de São Sebastião faz parte possui menos de noventa mil anos. Idade pouca, como se vê, para quem mede o universo por via das rochas. Essa é apenas a idade do material que serviu de ventre materno. Porque o parto, o corte do cordão umbilical, ocorreu muito mais tarde. Esse golpe que roubou as ilhas ao continente tem apenas cinco mil anos. Na escala geológica, um simples piscar de olhos nos separa desse nascimento.

A última transgressão marinha atuou como esse mesmo destino que, sem darmos conta, nos leva os filhos para longe de casa: a península fragmentou-se e as águas sulcaram canais entre as diversas ilhas. O mesmo processo fez criar, mais a sul, a ilha da Inhaca, cortando, na mesma altura, a península de Machangulo.

Esta é a origem de quatro dos cinco actuais territórios insulares do arquipélago: Bazaruto, Benguerra, Macarugue e Bangue. A ilha de Santa Carolina, digamos, tem «outro» pai. Ela nasceu por um processo diferente: é filha de recifes de corais instalados sobre plataformas rochosas. Por esta razão, ela é a mais velha e a mais estável da família. Se as ilhas arenosas possuem cinco mil anos, Santa Carolina possuirá mais de cento e vinte mil anos. A matriarca, portanto.

Santa Carolina não sofre dessa enfermidade congénita que é ser filha das areias movediças e ficar à mercê dos caprichos dos ventos. A ilha de Santa Carolina suporta mais e melhor os impactos das atividades humanas. Em linguagem do quotidiano, poder-se-ia dizer que a Santa que a ilha carrega no nome a vai protegendo das intempéries.

Este processo de formação das ilhas fez com que a fauna e a flora típicas do continente viajassem nessas jangadas de areia como tripulantes da Arca de Noé. Às ilhas de Bazaruto sucedeu o mesmo que a todos os adolescentes: viraram costas aos pais, bateram com a porta e fizeram-se ao mundo. Por mais que reivindiquem independência, no entanto, elas transportam consigo a mesma carga viva dos seus velhos pais. Por via desta herança se explica, por exemplo, que existam crocodilos na ilha de Bazaruto. Provavelmente, devido ao isolamento a que está sendo sujeita, esta pequena população de grandes répteis das lagoas de Bazaruto já apresente características genéticas próprias. Um dia destes, se o processo de divergência prosseguir, teremos uma nova subespécie de crocodilos na ilha de Bazaruto. É essa potencialidade de deriva genética que justifica a medida já adotada de não deixar que ovos do continente sejam transportados para a ilha. As mães crocodilos de Bazaruto estão condenadas a, mesmo que o quisessem, não adotarem bebés das suas primas do continente.

Quem visita estas lagoas interiores escutará histórias rocambolescas sobre os grandes sáurios. Que estes crocodilos, dizem, são exímios cantores! E que cantam para atrair cabritos que, distraidamente, pastem na região. Para dizer a verdade, estes cabritos não são objeto de grande simpatia por aqueles que zelam pela conservação biológica das ilhas. Insaciáveis comedores, os ruminantes acabam devorando a pouca vegetação que cumpre a religiosa função de proteger as dunas. Poucas vezes, de facto, nos ocorre que não é o chão que prende o arbusto mas o arbusto que inventa o chão.

Uma das vezes que trabalhei em Bazaruto tive que listar os pássaros. São mais de cento e quarenta espécies que ali ocorrem e um turista que não esteja apenas fascinado pelo mar e pela praia pode tirar partido deste património de plumas, asas e cantos. Num desses inventários, subi pela vertente interior da imensa duna que sustenta o farol. Do sopé dessa imensa barriga de areia, olhei a construção como bandeira hasteada no topo. Sabia que tinham sido prisioneiros quem tinha construído o farol, há mais de cem anos. À medida que escalava a duna ia imaginando o olímpico esforço desses construtores. Sem fôlego, fui parando para retomar ímpeto e, várias vezes, maldisse a ideia de empreender aquela caminhada.

Mas quando cheguei ao topo da duna, todo o cansaço se aplacou e, por momentos, esqueci corpo e fadigas. O meu olhar era uma asa pairando sobre uma paisagem de beleza indescritível. Os prisioneiros que ergueram o farol estão ainda hoje vingando-se: somos nós que nos convertemos em cativos quando usufruímos daquela imensa tela feita de areia, mar e vento.

(abril de 2008)

Os lugares voadores

O avião parece hesitar rendido à paisagem que, lá em baixo, se vai desvendando com preguiça ante o nosso olhar de provisórias aves. Não é o voarmos sobre os lugares que marca a memória. É o quanto esses lugares continuarão voando dentro de nós.
Eis Luanda, murmura o angolano, a meu lado. Fala com o entusiasmo de uma primeira descoberta. Para mim não é a primeira vez. Mas é a minha estreia esta viagem ao lado de um angolano que acabou de visitar Maputo e aceitou que a capital de Moçambique é um «espanto».
O meu amigo e companheiro de viagem confessou ser difícil para ele admitir, mas que as cidades moçambicanas eram uma inspiração. Agora, sobrevoando a sua cidade natal ele vai avançando razões para evitar comparação. Na verdade, não são razões inventadas: a guerra, os refugiados, uma urbanização galopante que engoliu a cidade e lhe

roubou urbanidade. Tudo isso converteu Luanda num espaço difícil de gerir e que, agora, em condições de paz, enfrenta o desafio de se superar a si mesma. Afinal, os problemas de Luanda não são de qualidade distinta dos de Maputo. A diferença está apenas no grau e na intensidade. E no tempo em que ambos os países voltaram a página da guerra.

As ruas da cidade confirmam essa impressão de caos que é comum nas grandes cidades africanas. O trânsito indomável, os milhares de jovens que converteram o corpo em mostruário de mercadorias, as cores intensas, os mutilados que preservam a cicatriz de um tempo martirizado: eis as pinceladas de um primeiro retrato. Aos poucos, porém, a cidade ressurge para além dessa primeira impressão. E sente-se como ainda não foi deglutida a Luanda antiga, as réstias daquela que é uma das primeiras cidades africanas.

E essa é uma diferença sensível com Moçambique: as nossas cidades, viradas para Índico, são bem mais recentes. Não se trata apenas de uma questão de construção civil. Trata-se de uma outra arquitetura interior, de uma arquitetura das almas, que forjou em Angola uma elite crioula. A cidade já era, numa pequena parte, posse dessa elite angolana mesmo antes de suceder a Independência. Esse fenómeno social aconteceu de modo mais insípido e tardio em Moçambique. Visitei Luanda por diversas vezes ao longo das últimas três décadas. O que eu vi e vejo é uma cidade que desperta e se move de forma efervescente. O peso da História antiga e as feridas mais recentes não anularam a carga de energia e a capacidade de resposta dos luandenses.

E a minha última visita me surpreendeu muito, pela positiva: os problemas (alguns deles estruturais) estavam ainda lá, mas a dinâmica de mudança impõe-se de forma visível. «*As coisas estão acontecendo por aqui*», diz-me um escritor angolano.

É verdade que esta modernização também aqui se faz, por vezes, à custa daquilo que deveria ser sagrado: o património cultural e histórico, as raízes mais fundas do lugar. Quem girou por este mundo sabe que este não é um fenómeno local. É uma espécie de preço absurdo, uma negociação que é preciso fazer com a voragem de quem pensa em lucro rápido e à custa de tudo.

Ao fim da tarde, passeio sozinho pela marginal e olho o casario que se debruça ante a baía. É impossível não ficar com essa imagem na memória. E à noite, conduzem-me pelo rebuliço da «Ilha de Luanda». A vitalidade da vida noturna já a conhecia mesmo nas festas que só terminavam na manhã do dia seguinte. Forma criativa e lúdica de vencer os constrangimentos. Sente-se que estamos num limbo efervescente e que esta terra faz justiça à criatividade que forjou o *semba*, a *quizumba*, o *kuduru*, e como esses ritmos foram capazes de viajar e de se mestiçar em terras distantes. O mesmo sucedeu a expressões como «bué», «cota», «estamos juntos». Tudo *made* in Angola.

Mas há qualquer coisa de Maputo naquele alvoroço noturno e me apaixona essa proximidade que, de quando em quando, se revela distinta. O meu amigo de viagem — que está jantando comigo — contempla as luzes do outro lado da baía e suspira antes de falar:
— *Faz lembrar a tua cidade, não é?*
Aceno que sim sabendo que a pergunta tem outro sentido. E sorrio não tanto para o meu interlocutor mas porque, de repente, me pareceu ver as luzes de Maputo espelhadas na baía de Luanda. Afinal, eu e o meu amigo sabemos: os lugares não se comparam. Como as pessoas, cada um deles acontece num momento único, numa única e irrepetível vida.

(julho de 2008)

Outras formas de voar

Pouco do mundo teremos visto se não tivermos olhado os pássaros. Nem o imenso céu parece ter razão de ser se não for para albergar o voo das aves. Moçambique tem nesses seres alados um património precioso. Nem sempre conhecemos essa riqueza e quase nunca conhecemos as fascinantes histórias que eles escrevem com as suas próprias vidas.

Os pássaros não são apenas criaturas biológicas. Sobre eles se produzem lendas e mitos. Eles mesmos produziram comportamentos fascinantes e constituem-se em apuradas lições de zelo e dedicação. Foram as aves que, há milhões de anos, inventaram a infância. Antes delas, na história da evolução, ninguém tomava conta da criançada (com exceção gloriosa dos atuais crocodilos). Ao dedicar parte das suas vidas às pequenas novas vidas que geraram, os pássaros criaram mais que um ninho no sentido físico: inventaram o tempo mágico da infância em que somos o centro do universo. Moçambique possui uma ampla diversidade: entre 600 e 700 espécies diferentes de aves. Algumas são muito raras e de elevado valor de conservação. Outras apenas existem em regiões muito localizadas como, por exemplo, o oriolo-de-cabeça-verde que ocorre apenas na montanha da Gorongosa. O passarito é lindíssimo, mas de reduzidas dimensões. A sua raridade e as cores vistosas (os brasileiros ficariam orgulhosos pelo verde e amarelo da sua plumagem) atraem curiosos de todo o mundo, que organizam expedições às florestas da Gorongosa. Uma outra avezita que pode ficar vaidosa pela seu poder de sedução é o apalis das montanhas do Chimanimani, em Manica. A perdiz-de-swynnerton é um outro habitante das belas cordilheiras do Chimanimani que atrai os chamados *bird lovers* de todo o mundo.

Um amor a toda a prova

Mais que o seu valor biológico, os pássaros inspiram histórias exemplares pela diversidade do seu comportamento natural. Existem espécies cuja conduta pode ser lida, aos nossos olhos, como muito inspiradora. O caso do tucano é uma bela história de amor e dedicação que faz inveja aos mais fiéis amantes da casta humana. A fêmea esconde-se num recanto e nele faz, com ajuda do macho, um ninho completamente fechado, construindo uma parede de lama sobre o vão de um tronco de árvore. Literalmente, a fêmea se empareda. Apenas um pequeno buraco a ligará, durante semanas, ao resto do mundo. Por esse orifício o seu companheiro lhe fará chegar alimento e consolo. Ali, naquele canto escuro, a fêmea se despojará de toda a plumagem e com essas penas arrancadas ao corpo fará um ninho onde chocará os ovos e assistirá ao nascer dos seus bebés. Se o macho morrer, nesse intervalo, ela morrerá também. Sem penas, e por isso desprovida de voo, a tucana estará condenada. Numa anónima cavidade de árvore se sepultará o seu estoico sacrifício.

Namoradeiras compulsivas

A jacana é um pássaro que desafia o milagre de Cristo passeando sobre as águas. A ave castanha e branca desloca-se por cima das folhas flutuantes (como as dos nenúfares) e para isso usa as suas patas desproporcionadamente compridas. A fêmea é bem maior que o macho e essa diferença de tamanho é já indicadora do inusitado caso das jacanas: há, nesta espécie, como que uma inversão daquilo que é habitual. A fêmea é poliândrica, isto é, tem vários maridos. E são estes que tratam sozinhos dos ovos e das crias. Os pequenotes, em perigo, abrigam-se por baixo das asas do pai e, a não ser pelas patinhas que emergem da plumagem, ninguém dá pela sua camuflada presença. Num ambiente hostil e cheio de predadores, como é o da margem das lagoas, há machos dedicados exclusivamente aos cuidados «maternos» libertando as fêmeas para se dedicarem aos namoros e à reprodução. E as jacanas são implacáveis namoradeiras. Não apenas namoram com vários ao mesmo tempo como chegam a agredir os machos que estão ocupados na proteção dos filhotes. Afastando os filhos da vizinhança do pai, a fêmea tem esperança que ele, por um instante, se esqueça de obrigações e as troque por súbitas e impensadas paixões.

Os abelheiros

Imaginem uma população de trezentos indivíduos vivendo em coletivo e convivendo em absoluta harmonia. Nos momentos de fome, repartem o alimento e nas situações difíceis sacrificam-se todos na defesa contra predadores. Os casais, monogâmicos, permanecem fiéis a vida toda, e grande parte dos filhos, quando crescidos, em vez de abandonarem os lares e iniciarem famílias separadas, conservam-se junto aos pais para ajudarem a cuidar dos irmãos mais novos. Seria um belo exemplo para um argumento de uma novela televisiva composta apenas por gente comportada, exemplos acabados de uma certa moralidade. Mas não se trata de seres humanos. Para além disso, a ética dos bichos não pode ser transferida para o nosso universo social, a não ser em texto de fábula.

Quem são estes generosos pássaros? São os abelheiros. Eles praticam este tipo de vivência comunitária não porque sejam «bons rapazes», mas porque, na natureza, os sistemas de entreajuda são muitas vezes mais eficientes que a competição individual. Do ponto de vista da evolução biológica, a simbiose e a solidariedade são, quase sempre, mais eficientes que os confrontos à velha maneira de Darwin, com os mais fortes esmagando os mais fracos.

Os abelheiros (em inglês, são chamados de comedores de abelhas) são dos pássaros mais vistosos que cruzam os nossos céus e cada uma das várias espécies que ocorre no nosso país é um capricho de combinação de cores. A artística plumagem não parece, contudo, combinar bem com a sua «profissão» de engenheiros de túneis.

Todas essas espécies, como o nome bem indica, se alimentam de abelhas e outros insetos voadores. Para não ficar contaminado com o veneno, o abelheiro esfrega vigorosamente o abdómen da abelha de encontro a um tronco de modo a retirar-lhe o ferrão. Os ninhos são escavados em escarpas arenosas das margens dos rios e cada casal arregaça as mangas e mete-se a escavar um túnel que pode ter até um metro de profundidade. É uma obra olímpica para um pássaro que não tem mais de vinte centímetros de comprimento. Cada túnel possui uma câmara de desova no fundo e, à saída, é retocado com uma barreira para evitar que os ovos escapem.

Falei destes exemplos, mas a vida das aves está cheia de histórias curiosas. Seremos mais pobres se não soubermos nada sobre elas. Sempre olhamos os seres alados com alguma inveja. Falta-nos a arte do voo. Desconhecemos, porém, que existem outros métodos para voar. E um deles, o mais simples e acessível, é deixarmo-nos encantar pelas suas histórias secretas.

(janeiro de 2009)

O salto da baleia

A baleia saltou à nossa frente e o mundo ficou suspenso perante a grandeza do mamífero que emergia sem peso. Sobretudo, o meu barco ficou mais pequeno. E eu, que não sei nadar, deixei temporariamente de ter corpo, emigrando para um suspiro contido entre o êxtase e o medo. Aceitei sair para o mar porque não havia nem onda no horizonte nem nuvem no ar. Água é lugar de peixe e eu me libertei das guelras ainda em desenvolvimento fetal. Todos me espicaçam para que eu saia do provincianismo terrestre. E os argumentos são enfáticos:

— *Mergulha connosco! Nunca irás esquecer!*
— *Vem pescar e verás o que tens perdido na vida.*
— *Andar à vela é atravessar o silêncio, entre água e céu.*

Dizem-me. Mas sou difícil de arrastar. Se eu mergulhar nunca mais regresso. Se entrar num barco transitarei de viajante para a própria viagem sem retorno. É por isso que, enquanto os meus companheiros no barco celebram a aparição da baleia e rezam por um novo salto, eu peço a todos os deuses que o bicho se comporte e regresse às profundezas.

Sou um homem que ama o mar, mas visto de terra. Essa distância me preserva de não me dissolver no próprio objeto amado. O mar é como fogo: demasiado longe morre-se de frio; demasiado perto, somos consumidos pelas suas líquidas chamas.

Mas eu vergo-me perante o fascínio dos grandes mamíferos aquáticos. E deixo-me enlear nas lendas e histórias desses parentes que preferiram morar em aguada residência. Todos viemos de lá, do oceano. Quem sabe, a baleia tenha segredos que gostaríamos de decifrar? Talvez por isso eu, certa vez, tenha trazido uma baleia para um conto. Eu visitava Quissico e os pescadores falaram-me de extraordinários casos da mística generosidade dos cetáceos.

— *É só encomendar*, dizia-me alguém.

Na berma das ondas, frente ao infinito, bastava enunciar, em reza, as minhas indizíveis carências. No dia seguinte a baleia lá viria, como um pai natal nadador, a distribuir as desejadas benesses. Já na praia, o bicho escancarava as goelas e de lá, das entranhas, emergiam as mais inusitadas aparições.

— *Até azeite de oliveira!*, assegurou-me um pescador.

E foi como sempre: vozes empurravam-me para o que, sendo impossível, já me surgia apenas como improvável.

— *Não se acanhe, vá à praia e peça agora, enquanto elas andam por cá.*

As baleias sobem a costa de Moçambique de abril a setembro. Eu teria que saber tirar proveito do tempo. Acabei por fingir que cedia e lá fui, certa noite estrelada. Deixei que a água me esfriasse os pés e fiquei especado com todo o mar do mundo à minha frente. E ganhei conforto para que me visse a mim mesmo em representação. Abri os braços e fiz com que a voz vencesse o rumor das ondas:

— *Só quero que não venhas, só quero que fiques longe, nos caminhos onde o mar é espesso e fundo.*

Tantos anos depois, este é o pedido que renovo, comprimido no barquinho frágil onde, contra a minha vontade, me fizeram entrar. Que a baleia não faça nenhum distúrbio, que se deixe contida e sossegada no ventre do oceano. Essa era a minha silenciosa prece. A baleia ter-me-á escutado. Porque ela só voltou a saltar mais longe, a cauda emersa como se nos dedicasse um adeus feito de água e silêncio.

Me ocorreu, então, que a baleia, em lugar de brincar, nos queria enviar uma mensagem de desespero, de quem receia morrer eternamente prisioneira das águas. E então, para estranheza dos que me acompanhavam no barco, eu pedi:

— *Cheguemo-nos mais perto, aproximemo-nos da baleia.*

E, em lugar de viajar no barco, vi-me montado no dorso de uma baleia que me levava de regresso à primeira morada.

(*março de 2009*)

Um barco no céu na Munhava

Aos fins de semana, visitávamos a Munhava. Era ali a dois bairros, mas era como se fôssemos a uma outra nação. Cruzávamos apenas dois bairros, Matacuane e Esturro, mas a viagem era de continentes. Eu seguia atrás na viatura, tinha que esticar o pescoço para ver as ruas. Na maior parte do percurso olhava as copas do coqueiros e as garças se equilibrando nas longas folhas. Ser menino é estar cheio de céu por cima. Pela janela do carro desfilava a ilusão: para estarem no céu, as aves nem precisavam levantar voo.

Ainda hoje, a Munhava tem mais céu do que chão. E é assim, nessa etérea memória, que lembro as visitas a esse bairro onde o depósito de água da cidade se erguia como girafa cinzenta. Passávamos as tardes de sábado e dormíamos na quinta dos Fernandes. O casal de goeses era tão feliz que não dávamos conta

de que eles estavam enlouquecendo. Meu pai tinha sido colega, nos Caminhos de Ferro, de Amarildo Fernandes e os laços de amizade se prolongaram para além dessa partilha. Na altura, eu não entendia como eles, brincando, trocavam secretas mensagens:
— *Você não é goês. Você é portugoês.*
— *Nada. Sou desta terra*, retorquia Amarildo passando a mão rente ao chão. E reiterava: *Sou esta terra.*
A propriedade dos Fernandes era tão extensa que parecia nem estar murada. Caía no sono mal escurecia, embalado pelas cigarras que temem mais o silêncio do que a morte. Os batuques, na Munhava Matope, lembravam-nos, que havia muros e uma outra alegria se acendia para além da estrada. Mais perto, quase dentro do quarto, as rãs arrotavam de barriga vazia. E vazio se tornava o mundo. Sem peso, a Munhava dormia na minha cama.
Acordava de manhã, quando a terra estava ainda deitada, coberta apenas pelo orvalho molhado. Amarildo Fernandes percorria o cacimbo de sapatos na mão.
— *Aqui, na Munhava, descalço é que você molha menos os pés*, dizia.
E eu cintilava como um orvalhinho. Eu era um miúdo. Quem, naquele tempo, dedicava atenção a um da minha idade? Pois Amarildo me fazia gente e me dedicava as suas primeiras palavras do dia. E falava, dentro do português, uma outra língua

que eu desconhecia. Dizia, por exemplo: na Munhava, há tanta água que até a árvore se atrapalha com as suas próprias raízes.

Fernandes tinha razão. Na Beira, parecia sempre ter acabado de chover. Para o nosso anfitrião essa tanta água era uma bênção. Ele era dono de extensos arrozais e o arroz tem mais guelra que raiz e pede mais água que peixe. Apenas meu pai, amargo, lembrava:

— *Com tanta água e tanta gente sem água!*

Era domingo e era cedo. A casa ainda dormia. Apenas eu e Amarildo Fernandes saboreávamos os primeiros raios de Sol. Na quinta fazia tanta claridade que só de noite é que eu sabia qual o lado de dentro da casa. E o nosso anfitrião saltitando sobre carreiros de formigas, dedo sobre os lábios ordenando silêncio:

— *Deixemos Evelina dormir. Coitada, ela está tão magra. Não acha?*

— *Magra, a Dona Evelina?*

— *Está magra, está. Está tão magra que eu nem noto quando ela está nua.*

De todas as vezes, nessas andanças matinais, Amarildo Fernandes me levava a ver os arrozais onde ondeavam verdes a perder de vista. Daquela vez, porém, ele me transportou, na velha camioneta, para as bandas dos depósitos de combustível. E ali começou a carregar pedras maiores que o meu tamanho. Ajudei como pude. Sobretudo, ajudei na volta quando, já na quinta, ele escavou o chão e foi enterrando os calhaus.

Amarildo, plantador de pedra? Aquele era o primeiro sinal da sua loucura. Meu pai, já desperto, o interpelou.
— *O que estou a fazer? Estou a semear.*
Fazia como os camponeses fazem com o milho: semeava três sementes juntas para dar sorte.
— *Deus quer as coisas todas aos pares*, explicou o plantador.
— *Então, desculpe, porque planta três pedras?*
— *Para fazer nascer a outra quarta.*
E assim foi todo aquele domingo: a camioneta indo e vindo. As pedras enchendo e desenchendo os braços do enfezado Fernandes. Regressámos a casa em silêncio, com medo de aceitar a evidência da enfermidade mental do nosso amigo.
— *O que foi aquilo, aquela azáfama de pedras?*, perguntou a minha mãe.
— *Ele disse que sonhou.*
— *O Amarildo está sempre sonhando.*
— *Disse que sonhou que o rio inundava a Munhava. Sonhou que a água invadia a quinta.*
Amarildo não é como eu, concluiu meu velho, em defesa do antigo colega. Que o goês sempre tivera costas de passarinho. A mínima carga e já não se levantava. O peso de um pesadelo era demasiado para o seu velho amigo.
— *Porcaria de mundo, este. Um homem como Amarildo atingido assim por um sonho mau...*
A Beira, sabe-se, é a cidade do Chiveve. Mas nem todos sabem: «chiveve» quer dizer «enchente de maré». E essa maré que inundou o sonho de

Amarildo Fernandes acabou, uma semana depois, saltando as margens do Punguè, as margens do Chiveve, as margens da realidade. E quando, nesse derradeiro domingo, atravessámos os oceanos que nos separavam da Munhava encontrámos a quinta coberta de água. A casa já se tinha despegado do chão. Era um barco. No morro mais alto do terreno estava Evelina, rodeada de empregados e dos bens que conseguira recuperar.

— E Amarildo?

Fora, água afora. Afogara-se? Não. Atravessara o extenso mar, a vau, como um reeditado cristo. Evelina não parecia preocupada. Dispensava-se, a seu ver, expedição de salvação. O marido fora visitar os arrozais submersos. E fora chorar os campos perdidos. Haveria de regressar, mais lágrima menos lágrima. De um certo modo, nunca regressou. Porque voltou vago de alma, vazio de razão. O juízo de Amarildo Fernandes naufragara por entre os verdes arrozais.

Um mês depois, éramos só nós, no cais do porto, despedindo-nos dos Fernandes. Os dois tão magros que nem notei que já tinham desaparecido no bojo do navio. Iam para Goa, para outros arrozais. E o barco se afastando nas águas do Índico me surgiu como o último pássaro sulcando os céus da Munhava.